@mor

SUMA de letras

Daniel Glattauer

@mor

Tradução
Eduardo Simões

SUMA de letras

EDITORA OBJETIVA LTDA.
Rua Cosme Velho, 103
Rio de Janeiro — RJ — Cep: 22241-090
Tel.: (21) 2199-7824 — Fax: (21) 2199-7825
www.objetiva.com.br

Título original
Gut Gegen Nordwind

Capa
Tita Nigrí sobre design original de Catherine Casalino

Imagem de capa
Richard Drury / Getty Images

Revisão da tradução
Elisabeth Xavier de Araújo

Revisão
Ana Grillo
Lilia Zanetti
Juliana Santana

Editoração eletrônica
Filigrana

PRISA EDIÇÕES

CIP-BRASIL. CATALOGAÇÃO-NA-FONTE
SINDICATO NACIONAL DOS EDITORES DE LIVROS, RJ
G461a

Glattauer, Daniel
@mor / Daniel Glattauer ; tradução Eduardo Simões. - Rio de Janeiro : Objetiva, 2012.

Tradução de: *Gut gegen norwind.*
184p. ISBN 978-85-8105-066-9

1. Romance austríaco. I. Simões, Eduardo. II. Título.

12-1504. CDD: 833
CDU: 821.112.2-3

@mor

Capítulo 1

15 de janeiro

Assunto: Cancelamento

Gostaria de cancelar minha assinatura. Dá pra fazer por aqui?

Cordialmente,

E. Rothner

18 dias depois

Assunto: Cancelamento

Quero cancelar minha assinatura. É possível por e-mail? Solicito uma resposta rápida.

Cordialmente,

E. Rothner

33 dias depois

Assunto: Cancelamento

Prezados senhores e senhoras da editora Like.

Caso o fato de os senhores ignorarem insistentemente minha tentativa de cancelar uma assinatura tiver como objetivo não deixar cair o volume de vendas de seu produto, que está em lamentável e constante decadência, infelizmente devo lhes comunicar: eu não vou mais pagar!

Cordialmente,

E. Rothner

Oito minutos depois

Fw:

A senhora se enganou. Este é um e-mail particular. Meu endereço eletrônico é woerter@leike.com.* A senhora certamente queria escrever para woerter@like.com. A senhora já é a terceira pessoa que me pede o cancelamento. A revista realmente deve ter ficado muito ruim.

---

* Em alemão "ei" tem o mesmo som que "i" em inglês: "ai". Daí "leike" soar como "like". E Woerter (ou Wörter) é o plural de Wort (palavra). (N. do T.)

Cinco minutos depois

Re:

Oh, me desculpe! E obrigada pelo esclarecimento.

Saudações,

E. R.

Nove meses depois

Sem assunto

Feliz Natal e Próspero Ano Novo. É o que lhe deseja

Emmi Rothner

Dois minutos depois

Fw:

Cara Emmi Rothner,

nós mal nos conhecemos ou não nos conhecemos absolutamente. Contudo, agradeço pelo seu afetuoso e muitíssimo original e-mail coletivo! É preciso que a senhora saiba: eu amo e-mails coletivos, enviados a um coletivo ao qual eu não pertenço.

Sds, Leo Leike

18 minutos depois

Re:

Perdoe-me o aborrecimento por escrito, senhor Sds Leike. O senhor entrou por engano na minha lista de clientes, porque eu, há alguns meses, quis cancelar uma assinatura e acidentalmente usei seu endereço eletrônico. Vou apagá-lo agora mesmo.

P.S.: Caso lhe ocorra uma maneira mais original de desejar a alguém "Feliz Natal e Próspero Ano Novo" do que usar "Feliz Natal e Próspero Ano Novo", por favor me diga.

Até lá: Feliz Natal e Próspero Ano Novo!

E. Rothner

Seis minutos depois

Fw:

Eu lhe desejo uma festa agradável e torço para que o ano que se avizinha entre para os 80 melhores de sua vida. E, caso a senhora tenha, nesse meio-tempo, feito a assinatura de dias ruins, cancele-os tranquilamente — por engano — comigo.

Leo Leike

Três minutos depois

Re:

Estou impressionada!

Abs,

E.R.

38 dias depois

Assunto: Nem mais um centavo!

Prezada direção da editora Like,

eu me desliguei de sua revista três vezes por escrito e duas vezes por telefone (com certa senhora Hahn). Se vocês continuam, no entanto, enviando-me a publicação, só posso encarar isso como piada interna. Vou guardar como suvenir a conta de 186 euros que acabou de chegar, para me lembrar da "Like" quando finalmente nenhuma edição for entregue. Mas, por favor, não conte receber sequer um tostão de minha parte.

Respeitosamente,

E. Rothner.

Duas horas depois

Fw:

Cara senhora Rothner,

a senhora faz isso de propósito? Ou a senhora fez a assinatura de dias ruins?

Sds,

Leo Leike

15 minutos depois

Re:

Prezado senhor Leike,

agora isso de fato foi extremamente embaraçoso. Eu cometo um erro crônico com "ei", na verdade o erro de colocar um "e" antes do "i". Quando escrevo rápido, um "e" sempre acaba escorregando. O que acontece é que as pontas dos meus dedos médios ficam brigando no teclado. O esquerdo sempre quer ser mais rápido do que o direito. A propósito, sou uma canhota de nascença, que foi forçada a escrever com a direita na escola. Até hoje minha mão esquerda não me perdoou por isso. Ela sempre enfia um "e" com a ponta do dedo médio, antes que a direita possa colocar um "i". Desculpe-me o incômodo, não vai (provavelmente) acontecer de novo.

Espero que o senhor tenha ainda uma boa noite,
E. Rothner

Quatro minutos depois
Fw:
Prezada senhora Rothner,
me permite fazer uma pergunta? E aqui vai outra: de quanto tempo a senhora precisou para o seu e-mail com a exposição sobre o erro do "ei"?
Abs,
Leo Leike

Três minutos depois
Re:
Duas perguntas de volta: quanto tempo o senhor acha? E por que pergunta?

Oito minutos depois
Fw:
Suponho que a senhora não tenha gasto mais do que 20 segundos. Por isso eu a parabenizo: em pouco tempo, conseguiu escrever uma mensagem impecável. Me fez dar uma risada. E hoje em dia quase nada ou ninguém consegue isso. Quanto a sua segunda indagação, por que eu pergunto: atualmente eu também me ocupo, como profissional, da linguagem dos e-mails. E agora, mais uma pergunta: não foram mais do que 20 segundos, acertei?

Três minutos depois
Re:
Ahã, o senhor trabalha profissionalmente com e-mails. Soa muuuito interessante. Na verdade eu me sinto agora como uma cobaia. Mas tudo bem. O senhor tem, por acaso, uma página na internet? Caso não tenha, gostaria de ter uma? Em caso afirmativo, gostaria de ter uma bela página? É que eu trabalho profissionalmente com isso. (Até aqui gastei exatamente dez segundos, mas foi uma conversa profissional.)

No caso do meu banal e-mail com o erro do "e" antes do "i", o senhor infelizmente fez uma estimativa basicamente incorreta. Ele com certeza me roubou uns bons três minutos de minha vida. Pois então... sabe-se lá de que isso serviu. Mas agora me interessaria saber mais uma coisa: como o senhor pôde pressupor que eu gastei apenas 20 segundos com o meu e-mail do erro do "e" antes do "i"? E antes que eu lhe deixe em paz de uma vez por todas (a não ser que o povo da editora Like me envie de novo uma continha), mais uma coisinha me interessa. O senhor escreveu lá em cima: "Me permite fazer uma pergunta? E aqui vai outra: de quanto tempo... etc." Por conta disso, eu tenho duas perguntas. A primeira: quanto tempo o senhor gastou para fazer essa piada? A segunda: seu humor é assim?

Uma hora e meia mais tarde

Fw:

Prezada desconhecida senhora Rothner,

eu vou lhe responder amanhã. Agora estou desligando meu computador.

Boa tarde, boa noite, seja o que for.

Leo Leike

Quatro dias depois

Assunto: Perguntas em aberto

Prezada senhora Rothner,

perdoe-me por somente agora entrar em contato, no momento as coisas estão um pouco complicadas para mim. A senhora queria saber como eu erroneamente estimei que, para cometer seu erro do "ei", a senhora não havia necessitado de mais de 20 segundos. Pois bem, seus e-mails parecem ser "cuspidos", se me permite essa avaliação. Eu poderia jurar que a senhora era alguém que escreve e fala rapidamente, uma pessoa agitada, para quem o dia não decorre depressa o suficiente. Quando leio seus e-mails, não vejo aí qualquer pausa. Eles me parecem, em termos de tom e ritmo, impulsivos, esbaforidos, enérgicos, acelerados, até mesmo um pouco aflitos. Do jeito que a senhora escreve, nunca seria uma pessoa com pressão sanguínea baixa. Parece-me que seus pensamentos espontâneos fluem desenfreados nos textos. E com isso destaca-se sua segurança com a língua, uma relação hábil e bem afiada com as palavras. Mas se agora a senhora me esclarece que gastou mais de três minutos com seu e-mail com o "ei", então devo concluir que pintei, entretanto, um retrato falso da senhora.

Infelizmente a senhora me perguntou sobre meu humor. Esse é um capítulo triste. Para poder ser bem-humorada, a pessoa precisa reconhecer em si mesma ao menos um sopro de graça. E para ser sincero: hoje em dia eu não reconheço nada disso em mim, sinto-me absolutamente sem graça. Quando olho em retrospecto para os últimos dias e semanas, a risada se esvaece. Mas isso é a minha história pessoal e não vem ao caso aqui. De qualquer maneira, obrigado pelo seu jeito estimulante. Foi muitíssimo agradável conversar com a senhora. Acredito que as questões agora já foram respondidas a torto e a direito. Vou me alegrar caso a senhora se perca de novo, por acaso, no meu endereço. Apenas um pedido: cancele de uma vez sua assinatura da Like. Isso já está me irritando um pouco. Ou será que eu devo fazer isso para a senhora?

Saudações,

Leo Leike

40 minutos depois

Fw:

Prezado senhor Leike,

eu gostaria de lhe confessar algo: eu realmente não gastei mais de 20 segundos com o meu e-mail sobre o erro do "e" antes do "i". Só me chateei porque o senhor avaliou que eu rabisco meus e-mails de qualquer maneira. O senhor até tem razão, mas não tinha o direito de saber isso de antemão. Portanto ok: mesmo que atualmente o senhor não tenha humor, vê-se claramente que conhece bem os e-mails. Impressionou-me a rapidez com que me sacou! O senhor é professor de filologia?

Saudações,

Emmi "a Agitada" Rothner

18 dias mais tarde

Assunto: Olá

Olá, senhor Leike,

queria somente lhe dizer que o pessoal da Like não está mais me enviando qualquer exemplar. O senhor interveio? Aliás, o senhor também poderia ter feito contato ao menos uma vez. Eu ainda não sei, por exemplo, se o senhor é professor. O Google não conhece o senhor ou, em todo caso, sabe bem como escondê-lo. E o seu humor melhorou? Afinal, é carnaval. Assim fica praticamente impossível competir.

Saudações,

Emmi Rothner

Duas horas depois

Fw:

Prezada senhora Rothner,

que bom que a senhora me escreveu, já estava sentindo sua falta. Agora há pouco eu estava fazendo uma assinatura da Like. (Cuidado, humor de principiante!) E a senhora realmente me procurou pelo Google? Acho extremamente lisonjeiro. E o fato de que para a senhora eu poderia ser um professor não me agrada, francamente, tanto. A senhora me tem por um velho mala, não é verdade? Empertigado, pedante, sabichão. Pois bem, eu não vou me esforçar freneticamente para provar o contrário, senão será embaraçoso. Supostamente, ao escrever, eu apenas pareço mais velho do que de fato sou. E meu pressentimento é de que a senhora, ao escrever, parece mais jovem do que é. A propósito, sou consultor de comunicação e professor universitário assistente de psicologia da linguagem. No momento, estamos trabalhando num estudo sobre a influência do e-mail sobre nossa linguagem e — a parte essencialmente mais interessante — sobre o e-mail como meio de transporte das emoções. Daí minha pequena inclinação aos bate-papos sobre o assunto. Mas de agora em diante vou me conter, isso eu lhe prometo. Então espero que a senhora saia ilesa das festividades do carnaval! Imagino que a senhora deve ter arranjado uma boa quantidade de narizes postiços e cornetas. :-)

Com todo o carinho,

Leo Leike

22 minutos depois

Re:

Prezado senhor Psicólogo da Linguagem,

agora um teste para o senhor: qual das frases que acabei de receber o senhor acredita que achei a mais interessante, tão interessante que eu imediatamente tinha de fazer-lhe uma pergunta (eu não o testaria antes)?

E aqui mais uma boa dica, que tem a ver com seu humor: achei que sua frase "Agora há pouco eu estava fazendo uma assinatura da Like" dá uma chance à esperança! Mas com seu comentário adicional ("Cuidado, humor de principiante!") o senhor botou tudo de novo a perder: deixe rolar, apenas! E o lance com narizes postiços e cornetas eu também achei engraçado. Está na cara que temos o mesmo tipo de não-humor. Confie em minha capacidade de reconhecer seu humor e deixe o Smiley de lado!

Tudo de bom, eu acho realmente agradável bater papo com o senhor.

Emmi Rothner

Dez minutos depois

Fw:

Cara Emmi Rothner,

obrigado por suas dicas de humor. Ao final, elas farão de mim um homem engraçado. E ainda mais agradecido eu sou pelo teste! Ele me dá a oportunidade de mostrar-lhe que eu (ainda) não sou o tipo "velho professor autocrático". Se fosse, teria então pressuposto que a frase mais interessante para a senhora seria "No momento, estamos trabalhando num estudo sobre... o e-mail como meio de transporte das emoções". Mas estou certo de que a que mais lhe interessa é "E meu pressentimento é de que a senhora, ao escrever, parece mais jovem do que é". A partir daí, duas perguntas se tornam forçosas para a senhora: de onde ele pode tirar essa conclusão? E em seguida: que idade afinal ele acha que eu tenho? Estou certo?

Oito minutos depois

Re:

Leo Leike,

você é realmente um danado!!! Pois bem, proponha alguns argumentos e me esclareça por que eu devo ser mais velha do que sôo quando escrevo. Ou ainda mais precisamente: que idade pareço ter ao escrever? Quantos anos eu tenho? Caso você já tenha feito essas lições, então me diga que tamanho eu calço. É realmente divertido corresponder-me com você.

Com todo o carinho,

Emmi

45 minutos depois

Fw:

Pelo jeito que escreve, você tem 30. Mas deve ter em torno de 40, digamos 42. Por que eu acho isso? Alguém com 30 anos geralmente não lê a *Like*. A idade média de um assinante da *Like* está em torno de 50. Mas você é mais jovem, afinal é web designer e, por conta disso, poderia ter 30 ou até mesmo menos. Porém, alguém de 30 anos não envia e-mails coletivos para desejar "Feliz Natal e Próspero Ano Novo" a seus clientes. E por fim: você assina Emmi, portanto se chama Emma. Eu conheço três Emmas, todas com mais de 40 anos. Aos 30, ninguém se chama Emma. As pessoas voltam a se chamar Emma com menos de 20, mas você não tem menos de 20, caso contrário usaria palavras como "cool", "muderno", "tesão", "básico", "sinistro" ou algo parecido. Além disso, você não usaria letras maiúsculas nem escreveria frases completas. E em geral você teria mais o que fazer do que conversar com um professor presunçoso e sem humor, e ainda achar interessante o quão jovem ou velha ele a imagina. E mais uma observação quanto a "Emmi": quando alguém se chama "Emma" e soa mais jovem do que é, porque, por exemplo, essa pessoa claramente se sente mais jovem, então ela não se nomeia "Emma", e sim "Emmi". Em resumo, cara Emmi Rothner: você escreve como se tivesse 30, mas tem 42 anos. Certo? Calça 36. É baixa, esbelta e agitada, tem cabelos escuros e curtos e fala pelos cotovelos. Certo?

Boa noite,

Leo Leike

No dia seguinte

Assunto: ? ? ?

Querida senhora Rothner,

a senhora ficou ofendida? Veja bem, eu realmente não a conheço. Como posso saber que idade a senhora tem? Talvez 20 ou 60. Talvez a senhora meça 1,90m e pese 100kg. Talvez calce 46 — e por isso mesmo tenha apenas três pares de sapato, feitos sob medida. Para poder pagar por um quarto par, teve de cancelar sua assinatura de *Like* e manter o bom humor de seus clientes com os votos de Natal. Portanto, por favor, não fique chateada comigo. Eu me diverti com a adivinhação, tenho apenas um retrato nebuloso da senhora diante de mim e tentei transmiti-lo à senhora com precisão exagerada. Eu realmente não quis ofendê-la.

Lembranças,

Leo Leike

Duas horas depois

Re:

Querido "professor",

eu gosto de seu humor. Ele está a apenas meio-tom da sisudez crônica, e por isso soa especialmente travesso!! Entro em contato amanhã. Já estou ansiosa!

Emmi

Sete minutos depois

Fw:

Obrigado! Agora posso ir dormir sossegado.

Leo

No dia seguinte

Assunto: Magoar

Querido Leo,

agora vou deixar de lado o "Leike". Por conta disso, você pode esquecer o "Rothner". Curti muito seus e-mails de ontem e os li várias vezes. Eu gostaria de lhe fazer um elogio. Acho muito interessante que você se envolva assim com alguém que desconhece por completo, a quem nunca viu e provavelmente não verá, de quem tampouco espera qualquer coisa, visto que você não pode saber de jeito nenhum se algo adequado resultaria daí. Isso é algo muito atipicamente masculino, e isso eu aprecio em você. Isso era algo que eu queria dizer-lhe antes de tudo. Agora vamos a algumas questões:

1) Você tem uma psicopatologia relacionada a e-mails coletivos de votos natalinos já em estado avançado! De onde a desencavou? Pelo visto, fica ferido de morte quando alguém diz "Feliz Natal e Próspero Ano Novo". Bem, prometo que nunca, jamais direi isso. A propósito, acho surpreendente que queira poder estipular uma faixa etária a partir de "Feliz Natal e Próspero Ano Novo". Se tivesse dito "Feliz Natal e um Bom Ano Novo", eu teria sido então dez anos mais nova?

2) Perdoe-me, caro Leo Psicólogo da Linguagem, mas dizer que uma mulher não pode ter menos de 20 porque não usa "cool", "tesão" etc. me parece um pouco professoral e alienado do mundo. Não que eu tenha menos de 20, que esteja aqui lutando para escrever como se tivesse, como você insinua. Mas sabe-se lá mesmo?

3) Eu escrevo como alguém de 30, você diz. Mas uma pessoa de 30 não lê *Like*, você diz. Quanto a isso tenho o prazer de lhe esclarecer: a revista *Like* havia sido assinada para minha mãe. O que você tem a dizer agora? Eu então sou mais jovem do que pareço quando escrevo?

4) Eu lhe deixo agora sozinho com essa pergunta-chave. Infelizmente tenho um compromisso. (De trabalho? Aula de dança? Manicure? Escolha com calma.)

Que você tenha ainda um bom dia, Leo!

Emmi

Três minutos depois

Re:

Ah, sim, Leo, eu ainda queria te revelar uma coisa: quanto ao número que calço, você até que não se deu tão mal. Eu calço 37. (Mas você não precisa me mandar sapatos de presente, já tenho muitos).

Três dias mais tarde

Assunto: Falta algo

Caro Leo, quando você fica três dias sem me escrever, duas coisas me ocorrem: 1) Sinto saudades. 2) Falta-me algo. Ambas não são nada agradáveis. Faça algo a respeito!

Emmi

No dia seguinte

Assunto: Finalmente enviado!

Cara Emmi,

em minha defesa eu declaro: escrevi para você diariamente, apenas não enviei os e-mails, apaguei todos eles. Isso porque cheguei a um ponto delicado de nossa correspondência. Você, essa tal de Emmi que calça 37, já começa devagarzinho a me deixar mais interessado, para além do que me permite esta moldura em que nos comunicamos. E se você, essa tal de Emmi que calça 37, constata a priori: "provavelmente nós nunca iremos nos ver", então você tem toda a razão e eu divido contigo a mesma opinião. Considero muito, muito prudente, que nenhum encontro entre nós ocorra. Afinal, não quero que esse tipo de conversa que temos aqui descambe para o nível de um anúncio para contato entre solteiros ou de uma provocaçãozinha de sala de bate-papo.

Então, eu finalmente mando este e-mail para você para que, com ele, esta determinada Emmi que calça 37 tenha ao menos algo meu em sua caixa de entrada. (O texto não é muito interessante, eu sei, ele também é apenas uma fração daquele que eu gostaria de lhe escrever.)

Com todo o carinho,

Leo

23 minutos depois

Re:

Aha, esse tal de Leo Psicólogo da Linguagem também não quer saber como se parece essa tal de Emmi que calça 37? Leo, nisso eu não acredito! Todo homem quer saber como é a aparência de qualquer mulher que com ele se comunica, saber como ela se parece. Ele quer até mesmo saber o mais rápido possível qual é a sua aparência. Daí ele saberá se continua ou não a falar com ela. Ou não é assim?

Cordialmente,

a tal Emmi tamanho 37

Oito minutos depois

Fw:

Você agora desabafou mais do que escreveu, né verdade? Não quero saber de modo algum qual a sua aparência, se você me responde de tal jeito, Emmi. Eu tenho você diante de mim de qualquer modo. E para isso eu não preciso em momento algum usar a psicologia da linguagem.

Leo

21 minutos depois

Fw:

Você está enganado, Leo. Aquilo foi escrito com toda a tranquilidade. Você realmente deveria me ver quando reajo de forma exagerada. A propósito, você em princípio não tem a tendência de responder às minhas perguntas, né verdade? (Com que é mesmo que você se parece quando faz a pergunta "né verdade?") Agora me permita voltar ao e-mail que você atirou hoje pela manhã. Nada combina com nada. Recapitulando:

1) Você me escreve e-mails e não os envia.
2) Você já começa devagarzinho a se interessar mais por mim, "para além do que permite os e-mails da internet". O que você quer dizer com isso? Esses limites de nossa correspondência não são apenas ligados ao interesse mútuo que há entre duas pessoas que são completos desconhecidos?
3) Você considera prudente, até mesmo muito, muito prudente, que nunca nos encontremos. Tenho inveja de sua devoção apaixonada pela prudência!
4) Você não quer provocaçõezinhas de salas de bate-papo. O que quer então? Sobre o que devemos conversar, de modo que você não se interesse lentamente mais por mim, "para além do que permitem os limites do e-mail"?
5) E, para o caso nada improvável de que você não responda às perguntas agora mesmo feitas: você disse que há pouco mandou apenas uma fração do que queria realmente escrever. Escreva-me com calma o restante. Estou ansiosa por cada linha! É que eu gosto de ler o que você escreve, querido Leo.

Emmi

Cinco minutos depois

Fw:

Querida Emmi, se você não pudesse escrever 1) 2) 3) e por aí vai, então não seria mesmo você, né verdade? Amanhã tem mais.

Ótima noite.

Leo

No dia seguinte

Sem assunto

Cara Emmi,

você já se deu conta de que não sabemos absolutamente nada um do outro? Nós produzimos formas imaginárias virtuais, quadros fantasmagóricos acabados um do outro. Fazemos perguntas cujo encanto consiste no fato de não serem respondidas. Pois é, a gente faz disto um esporte: despertar a curiosidade do outro e continuar a atiçar de modo repetido. E ao fazer isso não satisfazemos de jeito nenhum tal curiosidade. Tentamos ler nas entrelinhas, entre as palavras, e logo tentaremos também entre as letras. Tentamos freneticamente avaliar corretamente o outro. E ao mesmo tempo estamos meticulosamente atentos para que não revelemos algo essencial sobre nós mesmos. O que quer dizer "essencial"? Nada, nós não contamos coisa alguma de nossas vidas, nada ligado ao cotidiano, algo que pudesse ser importante para um de nós.

Nós nos comunicamos no vácuo. Gentilmente confessamos qual a profissão que seguimos. Na teoria, você criaria uma bela página de internet para mim, para tanto, eu coloco à sua disposição, na prática, péssimas elaborações de psicologia da linguagem. Isso é tudo. Graças a uma revista ruim sabemos que vivemos na mesma cidade. Mas fora isso? Nada. Não há outras pessoas ao nosso redor. Nós não moramos em lugar algum. Não temos qualquer idade. Não temos rosto. Não distinguimos entre dia e noite. Não vivemos em tempo algum. Temos apenas nossos respectivos monitores, rigorosos e sigilosos por si só, e temos um hobby em comum: interessamo-nos respectivamente por uma pessoa completamente estranha. Bravo!

No que diz respeito a mim, tenho agora uma confissão: eu me interesso loucamente por você, querida Emmi! Não sei o porquê, mas sei que houve uma ocasião marcante para isso. Mas também sei o quão absurdo esse interesse é. Ele não resistiria nunca a um encontro, pouco importa sua aparência, a idade que tenha, o quanto do charme de seus e-mails você poderia trazer para um eventual encontro e quanto de seu humor com as palavras reside em suas cordas vocais, suas pupilas, nos cantos de sua boca ou nas asas de seu nariz. Esse "interesse louco", suspeito, alimenta-se única e exclusivamente da caixa de entrada dos e-mails. Toda tentativa de evitá-la infelizmente falharia.

Agora minha pergunta-chave, cara Emmi: você ainda quer que eu continue lhe escrevendo e-mails? (Desta vez, uma resposta clara seria expressamente obrigatória).

Tudo de bom mesmo,

Leo

21 minutos depois

Re:

Querido Leo,

foi muita coisa de uma só vez! Você deve ter um bom tempo livre. Ou isso conta como trabalho? Você ganha um bônus em seu banco de horas por isso? Pode descontar do imposto de renda? Sei que tenho a língua afiada. Mas somente por escrito. E apenas quando estou insegura. Leo, você me deixa insegura. Somente uma coisa é certa: sim, eu quero que você continue me escrevendo e-mails, se você não se importa. Se isso não foi claro o bastante, então lá vai: SIM, EU QUERO!!!!!! E-MAILS DO LEO! E-MAILS DO LEO! E-MAILS DO LEO. POR FAVOR! EU ESTOU VICIADA NOS E-MAILS DO LEO!

E agora você tem de revelar de qualquer jeito por que não houve um motivo, mas sim uma "ocasião marcante", para que você se interessasse por mim. Porque eu não entendo isso, mas é algo que soa muito interessante.

Tudo de bom mesmo e mais "tudo" nisso aí,

Emmi.

(P.S.: Seu e-mail lá em cima foi muito legal! Absolutamente sem humor, mas realmente legal!)

Dois dias depois

Assunto: Feliz Natal

Sabe de uma coisa, querida Emmi? Hoje eu vou quebrar nossas convenções e contar algo de minha vida. Ela se chamava Marlene. Há apenas três meses eu teria dito: ela se chama Marlene. Hoje... ela se chamava. Depois de cinco anos de presente sem futuro eu finalmente me deparei com o imperfeito. Vou lhe poupar dos detalhes de nossa relação. O melhor nela sempre foi o recomeço. Porque nós dois gostávamos de recomeçar com paixão, era algo que fazíamos a cada dois meses. Éramos um para o outro "o grande amor de nossas vidas". Mas nunca quando estávamos juntos. E sim, justamente, sempre que nos esforçávamos para estarmos juntos.

Então, no outono, aconteceu finalmente o seguinte: ela tinha outro, alguém com quem ela "se imaginava junta", não apenas ocasionalmente, mas para ficar junto mesmo. (Embora o tal cara fosse piloto de avião em uma linha aérea espanhola, faça-me o favor.) Quando eu soube, fiquei mais certo do que nunca de que Marlene era "a mulher da minha vida". E que eu deveria fazer qualquer coisa para não perdê-la para sempre.

Para tanto, fiz tudo e mais um pouco durante semanas. (Também nesse ponto vou poupá-la de detalhes.) E ela foi muito incisiva ao dar a mim e, com isto, a nós, uma última chance: Natal em Paris. Eu pretendia — ria baixinho de mim, Emmi — pedi-la em casamento lá, eu, um completo idiota. Ela aguardava apenas o voo de volta do "espanhol" para dizer a ele a verdade sobre mim e Paris, era algo que ela devia a ele, disse Marlene. Eu tinha uma sensação estranha, de suspeita... Ora, eu tinha algo como um Airbus espanhol em meu estômago, quando pensava em Marlene e nesse piloto. Isso foi em 19 de dezembro.

À tarde, recebi — não, nem sequer um telefonema —, recebi um e-mail catastrófico dela: "Leo, não dá, eu não posso, Paris seria apenas uma nova mentira. Por favor, perdoe-me!" Ou algo assim. (Não, não foi algo assim, foi exatamente isso.) Eu escrevi imediatamente de volta: "Marlene, eu quero me casar com você! Estou decidido quanto a isso. Quero ficar contigo para sempre. E sei agora que posso. Nós pertencemos um ao outro. Confie em mim uma última vez. Por favor, vamos falar sobre isso tudo em Paris. Por favor, diga sim a Paris."

Então, fiquei esperando uma resposta, uma hora, duas horas, três horas. Enquanto isso, eu conversava a cada 20 minutos com a caixa postal surda e muda do celular dela, lia antigas cartas de amor salvas no computador, olhava nossas fotos de amor digitais, que eram feitas durante nossas incontáveis viagens de reconciliação. Daí eu olhava novamente, como obcecado, para a tela do computador. De seu breve e desalmado barulhinho, que indicava quando uma mensagem chegava, daquela ridícula cartinha na lista de símbolos do computador dependia minha vida com Marlene e, portanto, do ponto de vista daquele momento, minha própria vida dali em diante.

Eu dei a mim mesmo um prazo-limite de sofrimento até as 21h. Caso Marlene não se manifestasse até aquela hora, estariam mortas Paris e provavelmente nossa última chance. Eram 20h57. E de repente: uma campainha, uma cartinha (um choque, um infarto), uma mensagem. Eu fecho os olhos por alguns segundos, reúno tudo que restava de meu pobre pensamento positivo, concentro-me na mensagem tão esperada, na resposta afirmativa de Marlene, em Paris a dois, em uma vida para sempre com ela. Arregalo os olhos, abro a mensagem. Leio, leio, leio: "Feliz Natal e Próspero Ano Novo. É o que lhe deseja Emmi Rother."

Demais para minha "psicopatologia relacionada a votos natalinos coletivos em estágio avançado".

Boa noite,

Leo

Duas horas depois
Re:
Querido Leo,
essa é uma história maravilhosa. Fiquei encantada, sobretudo com o desfecho. Por pouco não fico orgulhosa de estar ligada a isso pelo destino. Espero que esteja claro que você revelou nesse momento algo extraordinário de sua "forma virtual imaginária", de seu "quadro fantasmagórico ilusionista". Isso agora foi realmente "vida particular do Leo, psicólogo da linguagem". Hoje já estou muito cansada para dizer algo que preste a respeito. Mas amanhã você receberá de mim uma análise decente, se me permitir. Tipo com 1) 2) 3) e assim por diante. Durma bem e tenha sonhos razoáveis. Portanto, não com Marlene, eu recomendo.
Emmi

No dia seguinte
Assunto: Marlene
Bom dia, Leo. Posso ser um pouco mais dura com você?

1) Então você é o tipo de homem que só pode se interessar por uma mulher no começo ou no fim: quando quer tê-la e pouco antes de ela abandoná-lo definitivamente. O meio-tempo — também chamado de o tempo em que passam juntos —, isso é muito monótono ou desgastante para você, ou ambos. Né verdade?
2) Como por um milagre, você dessa vez permaneceu descasado, embora para tirar um piloto espanhol da cama de sua ex-quase-mulher você até subiria de boa vontade ao altar. Isso demonstra pouca consideração aos votos matrimoniais. Né verdade?
3) Você já foi casado. Né verdade?
4) Consigo te ver direitinho diante de mim, o jeito como você, aquecido e suavemente deitado em autopiedade, lê as cartas de amor e vê as fotos antigas, em vez de fazer algo que levasse uma mulher a reconhecer em você um toque de amor ou um sutil desejo por alguma coisa mais duradoura.
5) Pois é, daí MEU e-mail-do-destino se atira sobre sua caixa de correio "ser ou não ser". Parece até que eu, no mais oportuno dos momentos, finalmente disse o que há anos devia estar na ponta da língua de Marlene: LEO, ACABOU O QUE NUNCA EXISTIU! Ou em outras palavras, mais rebuscadas, poéticas, com mais clima: "Feliz Natal e Próspero Ano Novo. É o que lhe deseja Emmi Rothner."

6) Mas agora, querido Leo, faça um gesto magnânimo: responda a Marlene. Parabenize-a por sua decisão. Diga: MARLENE, VOCÊ TEM RAZÃO, ACABOU O QUE NUNCA EXISTIU! Ou em outras palavras, rebuscadas, mais enérgicas, contundentes: Querida Emmi Rothner, a gente nunca se viu mais gordo. Eu agradeço a você, contudo, pelo seu cordial e extremamente original e-mail coletivo! Você tem de saber isto: eu amo e-mails coletivos enviados para grupos aos quais eu não pertenço. Sds, Leo Leike." Você é surpreendentemente um bom, nobre e estilizado perdedor, querido Leo.
7) Agora, minha pergunta-chave: você quer que eu continue a te enviar e-mails?

Boa manhã de segunda-feira,

Emmi

Duas horas depois

Fw:

Bom apetite, Emmi!

Quanto ao número 1) Não posso fazer nada se eu a faço lembrar de um homem que claramente — de modo elegante, como você descreveu no item 1 — a decepcionou. Por favor, não acredite que me conhece mais do que pode me conhecer! (Você simplesmente não tem como conhecer.)

Quanto ao 2) No que se refere à minha última digressão sobre as promessas de casamento: não posso fazer mais do que chamar a mim mesmo de um "completo idiota". Mas a sarcástica e prática Emmi, tamanho 37, vai ainda mais adiante pela defesa dos votos matrimoniais, supostamente com olhar de desaprovação e espuma saindo pela boca.

Quanto ao 3) Desculpe-me, eu nunca fui casado! E você? Várias vezes, né verdade?

Quanto ao 4) Aí aparece novamente o homem do item 1, de quem eu a faço lembrar, o homem que prefere ler cartas de amor ultrapassadas a provar a você um amor duradouro. Talvez tenha havido até mesmo vários homens em sua vida.

Quanto ao 5) Sim, no momento em que seus votos natalinos chegaram eu me dei conta de que havia perdido Marlene.

Quanto ao 6) Eu respondi para você naquela época para me distrair do meu fracasso, Emmi. E até hoje tenho encarado esse diálogo com você como parte de minha terapia para superar a perda de Marlene.

Quanto ao 7) Sim, claro, escreva para mim! Escreva toda a sua frustração quanto aos homens, do fundo de sua alma. Não tenha medo de ser francamente convencida, cínica e maldosa. Se depois disso você se sentir melhor, meu endereço de e-mail terá cumprido seu objetivo. Se não, então apenas se presenteie (ou a sua mãe) com uma nova assinatura de "Leike" para depois cancelá-la.

Uma boa tarde de segunda-feira,

Leo

11 minutos depois

Re:

Caramba! Eu magoei você. Eu não queria isso. Pensei que você aguentaria. Superestimei você. Vou me recolher.

Boa noite,

Emmi

P.S.: Quanto ao item 3: Eu me casei só uma vez. E continuo casada!

Capítulo 2

Uma semana mais tarde
Assunto: T.M.
Tempo de merda, hoje, né?
Abs,
E.

Três minutos depois
Fw:
1) Chuva, 2) neve e 3) chuva com neve.
Sds,
Leo

Dois minutos depois
Re:
Você ainda está magoado?

50 segundos depois
Fw:
Nunca estive.

30 segundos depois
Re:
Ou não gosta de conversar com mulheres casadas?

Um minuto depois
Fw:
Gosto sim! Mas às vezes me espanta por que mulheres casadas gostam tanto de conversar com homens inteiramente desconhecidos como eu.

40 segundos depois
Re:

Há tantas assim em sua caixa de entrada? A que percentagem, na verdade, eu correspondo em sua terapia de tratamento contra Marlene?

50 segundos depois
Fw:
Que bom, Emmi, você está voltando lentamente à boa forma. Agora há pouco você me pareceu um tanto desestimulada, desanimada e tímida.

Meia hora depois
Re:
Querido Leo,
falando sério, preciso lhe dizer: sinceramente, sinto muito por aquele meu e-mail com sete itens da segunda passada. Eu o reli algumas vezes e devo admitir: quando alguém o lê, ele realmente soa repugnante. O problema é que você não pôde me ver ao dizer aquilo. Se pudesse, não ficaria zangado comigo de jeito algum. (Ao menos é isso que imagino.) Acredite em mim: sou qualquer coisa, menos frustrada. Minhas decepções com os homens se mantiveram em limites razoáveis. Isto é: é claro que existem homens limitados. Mas eu tive sorte. No que se refere a isso, estou muito bem. Meu cinismo é mais um esporte ou uma brincadeira do que raiva ou acerto de contas.

Além disso, aprecio muito que você tenha me contado sobre Marlene. (A propósito, me chama a atenção que você na verdade não me contou nada sobre Marlene. Que tipo de mulher ela é/era? Como ela é? Que tamanho calça? Que tipo de sapatos usa?)

Uma hora depois
Fw:
Querida Emmi,
não fique zangada comigo, mas não estou a fim de te contar como é o gosto para sapatos da Marlene. À praia, ela costuma ir descalça, na maioria das vezes. Isso é tudo que tenho vontade de dizer. Tenho de parar por aqui, pois tenho visitas.

Tenha uma boa tarde,
Leo

Três dias mais tarde
Assunto: Crise
Querido Leo,

eu realmente tinha decidido que o próximo e-mail seria escrito por você, e não por mim. Não estudei Psicologia da Linguagem, mas duas coisas estão rimando em minha cabeça: 1) Revelei a você nas entrelinhas não somente que sou casada, mas até mesmo que sou feliz no casamento. 2) Você reagiu a isso com a resposta mais desanimada que já recebi desde o início promissor de nossa vida a dois virtual que nesse meio-tempo já tem mais de um ano. E logo depois disso você não entrou mais em contato de jeito algum. Será que você perdeu o interesse por mim? Será que perdeu o interesse por mim porque eu já tenho dono? Será que você perdeu o interesse por mim porque eu "ainda por cima estou feliz de ter dono"? Se for esse o caso, seja ao menos "bastante homem" para me dizer isso.

Saudações cordiais,
Emmi

No dia seguinte
Sem assunto
SENHOR LEO?

No dia seguinte
Sem assunto
L E E E E E E E O O O O O O O O O O O O O , IUUUUUUHUUUUUUUUUU?

No dia seguinte
Sem assunto
Idiota!

Dois dias depois
Assunto: Mensagem simpática de Emmi
Olá, Emmi!

É uma sensação muito agradável chegar em casa depois de uma viagem de trabalho para um seminário em Bucareste, uma cidade não exatamente abençoada com atrativos e também modesta em termos de colorido, que de modo perverso também está na chamada primavera (tempestades de neve, ondas de frio), ligar imediatamente o computador, abrir o correio eletrônico e, em meio a um emaranhado de 500 impiedosos portadores de mensagens dispensáveis ou deploráveis, encontrar quatro e-mails da senhora Rothner, altamente apreciada por seu talento com a língua, modo de se expressar e enumerações, e alegrar-se com a ideia de finalmente, como um urso-polar em meio a um progressivo degelo, poder ler algumas linhas simpáticas, afetuosas, engraçadas, dessas que aquecem o coração.

A pessoa abre euforicamente o primeiro e-mail e com que seus dois olhos se deparam ao mesmo tempo? Com: IDIOTA! Obrigado pela saudação!

Emmi, Emmi! Você conseguiu novamente tirar belas conclusões. No entanto, terei de decepcioná-la: não me incomoda de modo algum que você esteja "feliz de ter um dono". Eu nunca tive a pretensão de conhecê-la mais de perto, não mais do que é possível por meio da correspondência eletrônica. Tampouco quis saber como você é. Eu crio uma imagem própria de você a partir dos textos que você me escreve. Eu concebo a minha própria Emmi Rothner. Ainda a tenho nos mesmos elementos iniciais diante de mim, os mesmos com que já me deparei em nosso primeiro contato, tanto faz se você foi três vezes casada de modo trágico, cinco vezes alegremente separada, ou diariamente feliz com a ideia de "ainda estar livre" e libertinamente solteira nas noites de sábado.

Na verdade constato com pesar que o contato comigo a deixa claramente exausta. E, além disso, tem algo que já me espanta: por que uma mulher feliz no casamento, que não é frustrada em relação aos homens, é engraçada e irônica, acima do bem e do mal, charmosa, confiante, e que calça 37 (idade indefinida) acha tão importante conversar, de modo tão intenso, sobre assuntos tão pessoais, com um sujeito desconhecido, professor, às vezes rabugento, com problemas de relacionamento, suscetível a crises, e pouco bem-humorado? O que seu marido acha disso mesmo?

Duas horas depois

Re:

Primeiramente o mais importante: O urso-polar Leo *is back from* Bucareste! Bem-vindo. Perdoe-me pelo "idiota", mas era simplesmente a coisa mais óbvia a se dizer. Como eu poderia adivinhar que estou lidando com um homem predisposto a se tornar um extraterrestre, que não fica desapontado ao saber que sua fiel e respeitosamente sarcástica parceira de correspondências já tem dono? Como poderia adivinhar que estou lidando com um homem que prefere "conceber sua própria Emmi Rothner" a conhecer a verdadeira. No que se refere a isso me permita provocá-lo ao menos um pouco: por melhor que você possa me conceber em suas mais ousadas fantasias, você não conseguirá, querido Leo Psicólogo da Linguagem, aproximar-se da verdadeira Emmi Rothner.

Você se sente provocado? Não? Já imaginava isso. Receio que seja mais o contrário: você me provoca, Leo. Você tem uma maneira nada ortodoxa, mas extremamente eficiente, de se mostrar cada vez mais interessante para mim: você ao mesmo tempo quer saber tudo e nada sobre mim. Você declara, conforme sua disposição do dia, seu "interesse louco" e seu já quase patológico desinteresse por mim. E isso me atiça e me incomoda alternadamente. Neste exato momento me atiça. Admito isso. Mas talvez você seja, sim, um velho lobo (romeno) solitário, complexado, "cão sem dono", que não consegue olhar uma mulher nos olhos. Alguém que tem um medo grave de encontros reais. Que precisa criar constantemente seus mundos fantasiosos, porque não consegue se orientar em ambientes concretos, vivos, palpáveis e reais. Talvez você seja um complexado "típico" em relação às mulheres. Ah, agora sim eu gostaria de fazer uma pergunta a Marlene. Por acaso você tem um número de telefone atualizado dela, ou o do piloto espanhol? (Tô brincando, não vá se sentir ofendido de novo durante três dias.)

Não, Leo, eu apenas simpatizei muito com você. Eu gosto de você. Até demais! Muito, muito, muito! E eu simplesmente não posso crer que você não queira me ver. Isso não quer dizer que devemos realmente nos ver. Dever é claro que a gente não deve! Mas eu, por exemplo, gostaria de saber como você é. Explicaria muita coisa. Quero dizer, explicaria por que você escreve do jeito que escreve. Afinal, você se parece com alguém que escreve como você. E eu gostaria pra cacete de saber como é alguém que escreve como você. Isso explicaria tudo.

E falando em explicar: eu realmente não quero falar do meu marido aqui. Você pode ficar à vontade para falar de suas mulheres (caso elas não existam apenas na caixa de entrada do e-mail). Eu também posso lhe dar bons conselhos. Eu posso muito bem me colocar no lugar de outra mulher. Afinal, eu sou uma. Mas quanto ao meu marido... bem, eu vou lhe dizer: nós temos uma relação maravilhosa, harmoniosa, com duas crianças (que ele fez o favor de trazer consigo para me poupar de ficar grávida). Nós não temos quaisquer segredos um para o outro. Eu contei para ele que me comunico frequentemente por e-mail com um "simpático psicólogo da linguagem". Ele perguntou: Você tem vontade de conhecê-lo? Eu respondi: Não. Ele replicou: Qual o sentido disso, então? Eu: Nenhum. Ele: Ah, ok. Foi só isso. Ele não quis saber mais nada, nem eu queria dizer mais nada pra ele. E não quero falar mais nada sobre ele. Ok?

Então, caro urso-polar, agora é com você: Como você é? Me diga. Por favor!!!

Com carinho,

sua Emmi

No dia seguinte

Assunto: Teste

Querida Emmi,

eu também acho difícil resistir ao seu morde e assopra. Quem será mesmo que conta o tempo que a gente gasta aqui com (sem) o outro? E como você consegue nos conciliar com o trabalho e sua família? Suponho que cada um de seus filhos tenha pelo menos três esquilinhos ou algo parecido. Onde você arranja tempo livre para se ocupar de forma tão intensa e meticulosa de ursos-polares desconhecidos?

Você quer então saber a todo custo como eu sou? Bem, eu apresento agora uma proposição e lhe sugiro um jogo, admito, maluco, mas assim você irá me conhecer também de outro ângulo. Enfim: aposto que consigo descobrir de imediato, digamos entre vinte mulheres, quem é a verdadeira e única Emmi Rothner. Ao passo que você, entre o mesmo número de homens, não consegue jamais dizer quem é Leo Leike. Topa fazermos esse teste? Se disser sim, podemos pensar num modo adequado de fazê-lo.

Tenha uma boa manhã,

Leo

50 minutos depois

Re:

Mas é claro que vamos fazer isso! Você é realmente um verdadeiro aventureiro! Primeiro minhas dúvidas: não me leve a mal, mas imagino que você não me agrade visualmente falando, querido Leo. E as chances para que isso ocorra são grandes, afinal os homens, em princípio, não me agradam, fora algumas poucas exceções (em geral gays). O contrário… bem, quanto a isso eu prefiro não falar nada agora. Você imagina que possa me reconhecer imediatamente. Então certamente tem uma ideia de como eu pareço. Como foi aquilo mesmo? "42 anos, baixa, esbelta, agitada, cabelos escuros e curtos." Pois agora eu desejo a você bastante sorte no reconhecimento! Então, como vamos fazer? Cada um de nós manda vinte fotos, uma delas de si mesmo?

Lembranças,

Emmi

Duas horas mais tarde

Fw:

Querida Emmi,

sugiro que nos encontremos pessoalmente, mas sem que saibamos, ou seja, que permaneçamos confundíveis em meio à massa humana. Poderíamos escolher, por exemplo, o Café Huber, na Ergelstrasse. Você certamente o conhece. Um público bem variado costuma se encontrar lá. Escolhemos um período de duas horas, talvez numa tarde de domingo, e nesse tempo estaremos ambos presentes. No vai e vem constante, e no empurra-empurra do salão, ninguém vai notar que estamos tentando nos descobrir.

Quanto a seu possível desapontamento, caso eu não corresponda a suas expectativas visuais, penso eu, nós não temos que revelar o segredo de nossas aparências após nosso encontro. O interessante é se e como cada um acha que reconhece o outro, e não como de fato nós nos parecemos, acho eu. Eu digo novamente: não quero saber como você é. Só quero lhe reconhecer. E isso vou fazer. A propósito, eu não mantenho mais de pé a minha descrição anterior. Para mim, você (apesar do marido e das crianças) ficou mais jovem, senhora Emmi Rothner.

E tem mais: gosto muito que você sempre cite meus e-mails antigos. Isso quer dizer que você obviamente os guardou. É lisonjeiro.

O que você acha da minha ideia do encontro?

Com carinho,

Leo

40 minutos depois

Re:

Querido Leo,

temos um problema: se você me reconhecer, saberá como eu sou. Se eu o reconhecer, saberei como é. Mas você não quer saber de jeito algum como eu sou. E eu tenho o receio de que você não vai me agradar. Será esse o fim de nossa interessante história conjunta? Ou colocado de outra maneira: nós queremos de repente nos reconhecer tão rápido para que não tenhamos que escrever mais um para o outro? No caso, o preço da minha curiosidade seria muito alto. Então, melhor permanecer anônima e, até o fim da vida, receber mensagem do urso-polar.

Beijinho,

Emmi

35 minutos depois

Fw:

Você é muito amável. Não estou preocupado com o nosso encontro. Você não vai me reconhecer. E eu tenho uma noção tão clara de como você é que ela será sem dúvida confirmada. Caso, de fato, a ideia que eu faço de você (contra todas as minhas expectativas) não esteja certa, então eu não vou identificar você. Daí posso manter a imagem que tenho de você.

Beijinho pra você também,

Leo

Dez minutos depois

Re:

Mestre Leo,

me enlouquece você ter tanta certeza de saber como eu sou! Isso é muito impertinente da sua parte. (Pois é, isso também eu tinha de dizer em algum momento.) Mais uma pergunta: quando você faz essa imagem de contornos precisos de mim, Leo, ao menos você gosta do que vê?

Oito minutos depois

Fw:

Gostar, gostar, gostar. Isso é realmente tão importante?

Cinco minutos depois

Re:

Sim, é importantíssimo, senhor Teólogo da Moral. Ao menos para mim. Eu gosto que: 1) gostem de mim. E: 2) eu gosto de gostar.

Sete minutos depois

Fw:

Não basta que: 3) você goste de si mesma?

11 minutos depois

Re:

Não, pra isso eu sou muito vaidosa. Além disso, é um pouco mais fácil gostar de si mesmo quando os outros gostam de você. Provavelmente você quer: 4) que gostem de você somente na sua caixa postal, né? Ela é paciente. Para agradá-la não é preciso sequer que você escove seus dentes. A propósito, você ainda tem uns? Ou isso também não é tão importante?

Nove minutos depois

Fw:

Finalmente consegui de novo ativar a circulação do sangue de Emmi. Para concluir o assunto temporariamente: a imagem que faço de você me agrada extraordinariamente, caso contrário eu não pensaria com tanta frequência nela, querida Emmi.

Uma hora depois

Re:

Quer dizer que você pensa em mim com frequência? Que bom. Eu também penso em você com frequência, Leo. Talvez a gente realmente não devesse se encontrar. Boa noite!

No dia seguinte

Assunto: Tim-Tim

Olá, Leo,

perdoe-me o incômodo tardio. Você por acaso está on-line? Vamos tomar uma taça de vinho tinto? Cada um na sua, naturalmente. Já estou na minha terceira taça, devo lhe dizer. (Caso você nunca tome vinho, então, por favor, minta para mim e diga que gosta de beber vez ou outra uma taça ou uma garrafa, sempre com moderação e sem qualquer motivo concreto. Afinal, eu não suporto dois tipos de homem: os bêbados e os contidos.)

Re:

Vou tomar uma quarta taça antes de perder os sentidos. Sua última oportunidade hoje.

Re:

Que pena. Você perdeu. Estou pensando em você. Boa noite.

No dia seguinte

Assunto: Que pena

Querida Emmi,

é realmente uma pena que eu tenha perdido nosso romântico início de madrugada diante dos respectivos computadores. Eu teria imediatamente tomado uma taça com você, a você e contra o anonimato virtual. Também poderia ter sido vinho branco? Eu prefiro o branco ao tinto. Não, por sorte eu não preciso mentir para você: nem fico frequentemente bêbado nem sou sempre um ermitão. Enfim, sou dez vezes mais um bêbado do que um ermitão, dez vezes mais, vinte vezes com mais frequência. Marlene, por exemplo (você se lembra?), nunca bebeu uma gota de álcool. Ela não suportava. E o que era pior: ela não suportava qualquer gota de álcool que eu bebia. Entende? Assim são as coisas em relação às quais as pessoas começam a reagir emocionalmente umas contra as outras. Na bebida, são sempre dois ou nenhum.

Enfim, como já disse: será eternamente uma pena que eu não tenha podido aceitar sua tentadora oferta ontem à noite. Infelizmente cheguei em casa muito tarde.

Fica para a próxima, seu futuro companheiro de bebida on-line,

Leo

20 minutos depois

Re:

Então chegou em casa muito tarde? Leo, Leo, o que você anda aprontando por aí à noite? Diga logo, anuncia-se aí uma sucessora da Marlene. Se for o caso, você tem de me informar sobre essa mulher o quanto antes e em detalhes para que eu possa dissuadi-lo. Afinal, minha intuição me diz que você não deveria se envolver com ninguém no momento, você ainda não está pronto para uma nova relação. Além disso, você tem a mim. E a imagem que você faz de mim certamente se aproxima mais de seu ideal de mulher do que uma conhecida qualquer saída de um bar provavelmente forrado de plush vermelho (para solitários professores do tipo urso-polar) às duas da madrugada, ou a que horas quer que fosse. Portanto fique em casa de agora em diante e, vez ou outra, a gente toma uma taça de vinho juntos por volta da meia-noite (sim, pode ser excepcionalmente um vinho branco). E depois você ficará cansado e vai dormir, de modo que no dia seguinte estará novamente em forma para trocar e-mails com sua deusa imaginária Emmi Rothner. Estamos combinados?

Duas horas depois

Fw:

Querida, ah, como é agradável poder novamente vivenciar uma verdadeiramente encantadora cena de ciúmes. Já sei: ela foi construída à italiana, é claro, mas gostei dela mesmo assim. No que diz respeito às minhas conhecidas, sugiro que façamos como com seu marido, os dois filhos e seus esquilos. Tudo isso simplesmente não cabe aqui! Aqui existe espaço apenas para nós dois. A gente vai se manter em contato até que um de nós dê o último suspiro ou perca a vontade. Acho que não serei eu.

Tenha um belo dia de primavera,
seu Leo

Dez minutos depois
Re:
Acabo de me lembrar de uma coisa: o que foi feito de nosso jogo de encontro e reconhecimento? Você não quer mais? Devo realmente me preocupar com essa mulher de olhos turvos do bar de plush? Então, o que você acha de depois de amanhã, domingo, 25 de março, a partir das três da tarde, no apinhado Café Huber? Vamos em frente!
Emmi

20 minutos depois
Fw:
Sim, claro, querida Emmi. Terei prazer em reconhecê-la. No entanto, minha próxima semana já está planejada. Amanhã de noite vou por três dias para Praga, por motivos bem "particulares", digamos. Mas no domingo seguinte podemos nos entregar, com prazer, a nosso "jogo de reconhecimento".

Um minuto depois
Re:
PRAGA COM QUEM???

Dois minutos depois
Fw:
Não, Emmi, realmente não.

35 minutos depois
Re:
Ok, como você quiser (ou não quiser). Mas por favor não vá me voltar com males de amor! Praga é sob medida para males de amor, sobretudo no fim de março: tudo cinza, e a pessoa come bolinhos, em um restaurante revestido com a madeira mais escura do mundo, diante dos olhos de um garçom subempregado depressivo, que desistiu de viver, depois de ter servido Brejnev durante uma visita de Estado, e bebe cerveja maltada. Depois nada mais funciona. Por que você não viaja para Roma? Lá o sol vai ao seu encontro. Pois olha, eu viajaria para Roma com você.

A propósito, nosso jogo de reconhecimento vai ter de esperar. A partir de segunda-feira vou esquiar por uma semana. Claro que eu digo para você, meu fiel companheiro de escrita, com quem: com um marido e duas crianças. (E sem esquilos!) Os vizinhos vão cuidar do Jukebox. Jukebox é nosso gato gordo. Ele se parece com uma jukebox, mas só tem um disco dentro. E ele odeia esquiadores, por isso vai ficar em casa.

Eu lhe desejo uma noite maravilhosa.

Emmi

Cinco horas depois

Re:

Você já está em casa ou ainda no bar forrado de plush?

Boa noite,

Emmi

Quatro minutos depois

Fw:

Já estou em casa. Esperei até que Emmi finalmente me controlasse. Então, agora, posso ir dormir sossegado. Como amanhã cedo eu já estarei na rua, desejo a você e sua família uma agradável semana de esqui.

Boa noite. A gente se lê!

Leo

Três minutos depois

Re:

Você está de pijama?

Boa noite,

E.

Dois minutos depois

Fw:

Você por acaso dorme nua?

Boa noite,

L.

Quatro minutos depois

Re:

Ei, mestre Leo, essa pergunta foi realmente erótica. Não imaginava de maneira nenhuma que você fosse capaz. Para não estragar essa tensão que surgiu de repente entre nós, prefiro me abster de perguntar como é o seu pijama. Portanto, boa noite e boa Praga!

50 segundos depois

Fw:

Então, você dorme nua?

Um minuto depois

Re:

Ele realmente quer saber! Exclusivamente para seu mundo de fantasia, querido Leo, digamos: depende de quem está ao lado.

E agora aproveite Praga a dois!

Emmi

Dois minutos depois

Fw:

A três! Vou viajar com uma velha amiga e seu namorado.

(Agora vou me virar pro outro lado.)

Leo

Cinco dias depois

Sem assunto

Querida Emmi,

você fica on-line quando vai esquiar?

Lembranças,

Leo.

P.S.: Você tinha razão quanto a Praga, meu casal de amigos resolveu se separar. Mas no caso Roma teria sido ainda pior.

Três dias depois

Sem assunto

Querida Emmi,

você poderia ir voltando aos poucos. Estou sentindo falta de seus e-mails me controlando. No momento, não vejo mais graça em ficar rodando pelos bares da vida forrados de plush.

Um dia depois

Sem assunto

Isso é pra você ter três e-mails meus em sua caixa de entrada.

Com carinho,

Leo

(Ontem comprei um pijama especialmente para você — ou pelo menos pensando em você.)

Três horas depois

Fw:

Você não escreve mais pra mim?

Duas horas depois

Fw:

Você ainda não pode me escrever ou você não quer mais me escrever?

Duas horas e meia depois

Fw:

Eu também posso trocar o pijama, se for esse o problema.

40 minutos depois

Re:

Ah, Leo, você é tão doce!!! Mas não tem o mínimo sentido isso que estamos fazendo aqui. Isso realmente não é um recorte da vida real. Quanto à minha semana esquiando: ela foi um recorte da vida real. Não foi o melhor recorte de todos, mas um bom recorte, e eu defendo que não gostaria que fosse diferente, e do jeito que está, já está ok. As crianças incomodaram um pouco, mas esse é o dever delas como crianças. Além disso, elas não são minhas, e elas às vezes me recriminam por conta disso. Mas as férias foram ok assim, do jeito que foram. (Eu já disse que foi ok, né?)

Leo, sejamos sinceros: eu sou uma fantasia para você, e nela de real existem apenas algumas letras, que através de sua psicologia da linguagem podem ter uma associação sonora. Para você, eu sou como disque-sexo, com a única diferença de não haver sexo ou telefone. Portanto:

sexo virtual, porém sem sexo ou fotos para baixar. E para mim você é apenas uma brincadeira, um meio para reaprender como flertar. Em que eu posso treinar aquilo que já não sei fazer: posso experimentar os primeiros passos da aproximação (sem realmente ter de me aproximar). Agora, somos como um casalzinho, que já está no segundo e terceiro passos de uma aproximação, que não pode acontecer. Acho que deveríamos parar aos poucos. Caso contrário, ficaremos próximos do ridículo. Não temos mais 15 anos, você pior do que eu, obviamente, mas não temos, e isso não ajuda.

Leo, eu lhe digo ainda uma coisa. Durante essa semana de esqui em família por vezes irritante, mas em geral maravilhosa, tranquila, harmoniosa, engraçada, e, em alguns momentos, até mesmo romântica, pensei constantemente nesse desconhecido urso-polar chamado Leo Leike. Isso não está certo. É doentio, né? A gente não deveria terminar por aqui?, pergunta Emmi.

Cinco minutos depois

Re:

A propósito: sinto muito por seu casal de amigos. Sim, suponho que Roma teria sido um inferno.

Dois minutos depois

Re:

Como ele é, seu pijama novo?

No dia seguinte

Assunto: Encontro

Querida Emmi,

e se pelo menos levássemos adiante a ideia do nosso "encontro de reconhecimento"? Isso provavelmente faria com que depois fosse bem mais fácil renunciar à "aproximação que não pode se aproximar". Emmi, eu simplesmente não vou deixar de pensar em você se deixar de escrever pra você e deixar de esperar mensagens suas. Isso me soa tão banal e pragmático. Vamos fazer nosso teste! O que você me diz?

Com todo o carinho,

Leo

(Não é possível descrever meu pijama novo. Você tem de vê-lo e pegá-lo.)

Uma hora e meia depois

Re:

Domingo que vem, das 15h às 17h, no Café Huber?

Lembranças,

Emmi

(Leo, Leo, essa história com o pijama de que "tem de vê-lo e pegá-lo", isso foi uma cantada e tanto. Se não tivesse vindo de você, eu teria até dito: uma cantada das mais grosseiras!)

50 minutos depois

Fw:

De acordo! Mas a gente não tem de chegar pontualmente às três, nem ir embora do bar exatamente às cinco. E a gente não deve olhar lá dentro procurando demais. E acima de tudo: não podemos ser muito bandeirosos. No calor da descoberta, você não pode vir até mim e dizer: Você é o Leo Leike, né? Nós realmente temos de nos dar a oportunidade de não nos reconhecermos. Tá?

Oito minutos depois

Re:

Tá, tá, tá, não se preocupe, senhor Professor de Linguística, eu não vou chegar tão perto do senhor. Para evitar que tenhamos outras eventuais perturbações, sugiro que até domingo nós nos imponhamos uma proibição do uso de e-mail. Somente depois a gente volta a se escrever, concorda?

40 segundos depois

Fw:

Concordo.

30 segundos depois

Re:

O que não quer dizer que agora você tenha de encher a cara toda noite no bar de plush.

25 segundos depois

Fw:

Claro que não, afinal só tem graça quando Emmi Rothner tira satisfação comigo toda hora, mesmo que ir ao bar não passe de uma suposição.

20 segundos depois
Re:
Assim eu fico mais calma. Então até domingo!

30 segundos depois
Fw:
Até domingo!

40 segundos depois
Re:
E não se esqueça de escovar os dentes!

25 segundos depois
Fw:
Emmi, você sempre tem que ter a última palavra, não é mesmo?

35 segundos depois
Re:
Em geral, sim. Mas se você responder mais uma vez agora, então eu deixo a última palavra pra você.

40 minutos depois
Fw:
Posfácio sobre o pijama. Eu escrevi: "Você tem de vê-lo e pegá-lo." Você respondeu que teria sido uma cantada grosseira, caso outra pessoa, que não eu, tivesse dito. Aí eu tenho de fazer uma objeção. Eu exijo que você no futuro considere as minhas cantadas grosseiras como sendo cantadas grosseiras, assim como as dos outros. Deixe-me ser tão grosseiro quanto eu sou. Concretamente: você realmente deveria pegar no meu pijama, a sensação é ótima. Me dê o seu endereço e eu o envio para uma "prova de toque". (Ainda grosseiro?)

Boa noite!

Dois dias depois
Assunto: Disciplina
Meus parabéns, Emmi, você é disciplinada!
Até depois de amanhã no Café Huber.
Leo

Três dias mais tarde

Sem assunto

Olá, Leo,

você foi lá?

Cinco minutos depois

Fw:

Mas é claro!

50 segundos depois

Re:

Droga! Eu temia isso.

30 segundos depois

Fw:

Você temia o quê, Emmi?

Dois minutos depois

Re:

Todos os homens que poderiam ser Leo Leike não tinham a mínima condição, falando somente em termos visuais. Sinto muito, isso talvez soe cruel, mas digo assim mesmo. Leo, seja sincero: você realmente esteve ontem entre três e cinco horas no Café Huber? Mas não escondido no banheiro, ou entrincheirado do outro lado do prédio, e sim pra valer, no balcão ou nas mesas, tanto faz se sentado ou de pé, de cócoras ou de joelhos.

Um minuto depois

Fw:

Sim, Emmi, eu realmente estava lá. Se me permite a pergunta, quais homens poderiam ter sido levados em conta como Leo Leike?

12 minutos depois

Re:

Querido Leo,

tenho medo de entrar em detalhes. Simplesmente me diga, por favor: você não era por acaso — ai, como posso dizer isso — aquele senhor com o corpo naturalmente coberto de pelos como uma escova, troncudo, baixinho, com uma camiseta outrora branca, com um pulôver de esqui violeta amarrado na cintura, que estava no balcão, no canto, bebendo um Campari ou algo vermelho do tipo? Se era você, tudo bem, gosto não se discute. Com certeza há muitas mulheres que acham sujeitos assim extremamente interessantes e absolutamente atraentes. E eu não tenho dúvida de que um dia, pro tal sujeito, também haverá uma mulher, digamos, pra toda a vida. Mas eu tenho de confessar algo: pra falar a verdade, você não seria exatamente meu tipo, sinto muito.

18 minutos depois
Fw:
Querida Emmi,

louvo a sua franqueza desarmante e que diz muito de você mesma: mas "não magoar as pessoas" não é um de seus fortes. Está claro que para você a aparência tem realmente a mais alta prioridade. Do jeito que você coloca, parece que sua vida amorosa nas próximas décadas dependeria do quão atraente seu amigo-de-e-mail lhe parece. Por ora, posso lhe acalmar quanto a isso: o monstro peludo à espreita de carne fresca no balcão não corresponde à minha pessoa. Mas continue calmamente com suas descrições: quem mais poderia não ter sido eu? E faço a seguinte pergunta: se eu for um destes que, pra você, não têm "a mínima condição" em "termos visuais", então está terminada nossa troca de e-mails?

13 minutos depois
Re:
Querido Leo,

não, é claro que podemos continuar nossa troca de e-mails sem constrangimentos. Afinal, você me conhece: eu exagero além da conta. Ontem, no bar, nenhum homem parecia tão interessante quanto você ao me escrever, querido Leo. E era justamente isso que eu temia: nenhum daqueles desenxabidos, com cara-de-domingo-à-tarde, que estavam no Café Huber sequer se aproxima de você e sua forma tímida, atenciosa, e depois cáustica, repentinamente franca, adorável, às vezes até mesmo rudimentarmente sensual, de qualquer jeito incrivelmente sensível, de vir ao meu encontro, por escrito.

Cinco minutos depois
Fw:
Nenhunzinho mesmo? Talvez você não tenha reparado direito.

Oito minutos depois

Re:

Querido Leo,

você está me dando novas forças. Mas infelizmente parece que não reparei justo em quem eu não deveria ter deixado de reparar. Os dois malucos com piercing, que estavam sentados na terceira mesa à esquerda, eu achei realmente uns docinhos. Mas eles não tinham mais do que 20 anos. Tinha um sujeito bem interessante, talvez o único mesmo, de pé no balcão, à direita, de mãozinhas dadas com uma modelo loura de pernas compridas, meio vampe, meio angelical. Ele queria olhar somente pra ela e certamente não viu ninguém além dela. Tinha ainda um campeão europeu de remo com corpo em formato de triângulo invertido, simpático mesmo, mas infelizmente com um sorriso débil — não, Leo, esse não era você! E o que mais? Jardineiros domésticos, acionistas de cervejarias que ficam colecionando bolacha pra chope, carregadores de valise enfiados em paletós de Crisma, fregueses regulares do mercado de materiais de construção, cujos dedos já se transformaram em chaves de fenda. Alunos de curso de piloto de planador com olhares sonhadores infantis, ou seja, eternos meninos. Mas nenhum sujeito carismático de um lado ou de outro. Daí minha pergunta receosa: quem deles era meu psicólogo da linguagem? Quem era o meu Leo Leike? Será que o perdi nessa fatídica tarde de domingo no Café Huber?

Uma hora e meia depois

Fw:

Sem querer ser pretensioso, querida Emmi: eu sabia que você não iria me reconhecer!

40 segundos depois

Re:

LEO, QUEM ERA VOCÊ? DIGA JÁ!

Um minuto depois

Fw:

Vamos continuar a conversar amanhã, agora eu tenho um compromisso, querida Emmi. E agradeça a Deus Nosso Senhor que você já encontrou um homem para o resto da sua vida. A propósito, um comentário tímido: nós não falamos em momento algum sobre você, percebeu? Quem era afinal Emmi Rothner? Falamos mais sobre isso amanhã.

Com todo o carinho,
Leo

20 segundos depois
Re:
O quê? Agora você me deixa assim sozinha? Leo, você não pode fazer isso comigo! Escreva! Agora mesmo! Por favor!

Uma hora e meia depois
Re:
Ele realmente não vai escrever. Talvez fosse ele mesmo o tal monstro peludo...

Capítulo 3

No dia seguinte

Assunto: Pesadelo

Leo Leike, eu sei!! Acabo de acordar banhada de suor. Eu entendi! De fato, aquilo tudo foi tramado perfeitamente. Desde o começo você estava convencido de que eu não o reconheceria. Pudera: VOCÊ ERA UM GARÇOM! Você é amigo do chef, e ele deixou que você passasse por garçom por duas horas, não é? Também sei que garçom você era. Só podia na verdade ser um, os outros são muito velhos: você é o baixo, magro, com os óculos redondos de armação escura!

15 minutos depois

Fw:

E aí? Decepcionada? (A propósito, bom dia.)

Oito minutos depois

Re:

Decepcionada? Desiludida! Magoada! Chateada! Você me enganou. Eu me sinto traída. Você planejou desde o começo esse jogo sujo. Foi você quem escolheu o encontro no Café Huber. Suponho que todos os funcionários tenham se divertido a semana toda às minhas custas. Acho isso sórdido, horrível. Esse não é o Leo Leike que eu conheço. Esse não é o Leo Leike que eu conheci. Esse não é o Leo Leike que eu teria conhecido! Não é o Leo que eu queria conhecer mais um tiquinho melhor. Com essa ação, você arruinou tudo que construímos ao longo de meses.

Passar bem!

Nove minutos depois

Fw:

Mas você gostou de mim pelo menos? Fisicamente, quero dizer?

Dois minutos depois

Re:

Você quer uma resposta sincera? Posso dar uma com prazer para terminarmos.

45 segundos depois

Fw:

Se não for atrapalhar você, seria simpático.

30 segundos depois

Re:

Não acho você bonito. Não acho feio. Eu acho você absolutamente sem sal. Absolutamente monótono. Completamente desinteressante. Simplesmente: Zzzzzzzzzz!

Três minutos depois

Fw:

É mesmo? Isso é realmente cruel. Diante disso, só posso me alegrar por não estar na pele desse homem. E por não ter me escondido no uniforme de garçom dele. Resumindo: eu não era ele, eu não sou ele, e eu realmente nunca vou sê-lo. Aliás, eu não era nenhum dos garçons. Nem era nenhum dos entregadores em domicílio ou ajudante de cozinha. Não era nenhum policial de uniforme. Nem era a moça da limpeza do banheiro. Eu era o Leo Leike bem normalzinho, freguês do Café Huber, entre três e cinco horas da tarde de domingo. Lamento que não tenha dormido bem, querida Emmi "Aparência acima de tudo" Rothner. Sinto pelo pesadelo desperdiçado!

Dois minutos depois

Re:

Leo, obrigada!!!!! Agora eu preciso de um uísque.

15 minutos depois

Fw:

Sugiro o seguinte: melhor falarmos de você, para acalmar seus nervos. Eu lhe adianto que a aparência de uma mulher, mesmo sendo importante pra mim, não chega a ser tão importante quanto obviamente é pra você a aparência de um homem. Consequentemente, pude tranquilamente constatar que no horário que tínhamos marcado havia muitas mulheres consideravelmente interessantes no bar, que valeriam a pena ser Emmi Rothner.

(Tenho de interromper rapidinho pois tenho uma reunião, afinal tenho uma segunda ocupação. Em breve eu não vou mais conseguir dar conta disso.)

Darei notícias em mais ou menos duas horas, e continuo, se você estiver de acordo. Mas você tem de deixar a garrafa de uísque um pouquinho de lado...

Dez minutos depois

Re:

1) Eu ainda não consigo entender como alguém consegue, ao escrever, criar uma proximidade tamanha a ponto de poder flagrar Emmi em suas atitudes mais íntimas (como beber uísque), não entendo como alguém, que escreve assim, ao mesmo tempo possa se parecer com um daqueles que vi com meus próprios olhos no Café Huber! Por isso eu pergunto mais uma vez, querido Leo: será possível que eu simplesmente não tenha reparado em você? Por favor, diga que sim! Não quero que você seja um dos homens daquelas categorias que mencionei ontem. Eu ficaria tão triste!
2) Talvez não houvesse assim tantas "mulheres consideravelmente interessantes" no bar. Talvez o Mister Leike se interesse apenas (consideravelmente) por (consideravelmente) muitas mulheres.
3) Apesar disso, eu gostaria de estar no seu lugar. Você pode escolher, dentro de uma oferta "consideravelmente interessante", uma Emmi Rothner de acordo com sua vontade, humor e força da imaginação. Ao passo que eu tenho que me contentar com um Leo Leike que, no melhor dos casos, me passou despercebido, o que não é exatamente uma qualidade.
4) É óbvio que você não sabe quem eu sou.
   Bem, agora é sua vez de continuar, Leo!

Duas horas depois

Fw:

Obrigado, Emmi, finalmente temos de novo o sistema de itens rothneriano. Posso pular direto pro ponto 4)? Você se engana quando diz que eu não tenho noção de quem você é. Na verdade tenho de admitir que não sei exatamente quem você é. Há precisamente três possibilidades. Estou convencido de que você era uma dessas três mulheres. Tudo bem para você se eu usar letras em vez de números na tipologia, de modo que não pareça uma premiação? Minhas candidatas a Rothner são as seguintes:

a) O protótipo, a Emmi original. Estava de pé no balcão, a quarta da esquerda pra direita. Cerca de 1,65m, esbelta, cabelos escuros curtos, pouco menos de 40 anos. Agitada, nervosa, coordenação motora acelerada, mexendo o tempo todo em seu copo de uísque (!!), cabeça erguida, com o olhar voltado de cima pra baixo. (Com uma arrogância solene e insegurança levemente dissimulada.) Calça, jaqueta: na moda, radical. Uma bolsa de feltro engraçada. Sapatos verdes que parecem ter sido selecionados entre cem pares como os vencedores da tarde de domingo. (Tamanho: aproximadamente 37!!!) Observava os homens do jeito que se observa homens sem que eles se deem conta. Fisionomia: bonita. Corpo: jovial, acelerado, vivo. Portanto, uma autêntica Emmi Rothner.

b) A contraprova, a Emmi loura. Trocou de lugar três vezes, primeiro sentou na frente à direita, depois bem lá atrás, depois no meio, por fim ficou um pouquinho no balcão. Muito soberana, algo lenta em seus movimentos (como a Emmi original). Cabelos louros desgrenhados, estilo anos 80. Idade por volta dos 35. Bebida: primeiro café, depois vinho tinto. Fumou um cigarro. (Parecia estar curtindo e em nada fissurada.) Altura: pelo menos 1,75m. Magra, pernas longas. Tênis vermelhos de marca. (Tamanho por volta de 37!!!) Jeans desbotados, camiseta preta apertada (seios grandes, se me permite tal comentário). Observava os homens muito por acaso. Fisionomia: relaxada. Rosto: bonito. Corpo: feminino, aprumado, cool.

c) O oposto, Emmi surpresa. Dava repetidas voltas pelo salão, ficava de pé várias vezes, rapidinho, no balcão. Muito tímida. Uma tez exótica, olhos grandes e amendoados, um olhar velado, aparentemente antissocial. Cabelos castanhos na altura dos ombros e nivelados na frente. Idade por volta de 35. Bebidas: café, água mineral. Altura: cerca de 1,70m. Magra, calça preta e amarela (certamente não foi barata), botas curtas escuras e casuais. Aliança de casamento angulosa e marcante! (Tamanho do pé aproximadamente 37!!!!) Olhava ao redor como que à procura de algo, parecendo, por conta disso, absorta, transtornada, melancólica, triste. Fisionomia: suave. Rosto: bonito. Corpo: feminino, sensual, tímido, esquivo. E talvez até mesmo por isso: Emmi Rothner.

Então, querida Emmi, posso oferecer as três a você. E talvez, só pra concluir, uma resposta à sua receosa pergunta 1), se seria possível você não ter me visto: Sim, obviamente seria possível você não ter me visto. Mas não foi o caso, sinto muito!

Leo

Cinco horas depois

Fw:

Querida Emmi,

como pode ser que hoje não entrou nenhuma mensagem sua? Será que você sofre tanto por conta dos limites de sua imaginação visual? Daqui em diante tanto faz pra você se eu circulo ou não pelos bares de plush? (E não se importa mais com quem?)

Boa noite,

Leo

No dia seguinte

Assunto: Enigmático

Parabéns, Leo.

Você me consome, não consigo mais pensar noutra coisa! Você realmente descreveu as três muito simpaticamente! Eu estou boba, você me surpreende o tempo todo. Ah, se eu ao menos tivesse te visto!!! Leo, supondo-se que eu realmente seja uma das três mulheres: como você pôde observá-las tão atentamente sem que elas logo percebessem? Você estava usando uma câmera de vídeo? Por outro lado, digamos que eu realmente fosse uma das três, então eu também devo ter notado você. Se eu de fato notei você, então se confirma minha suspeita de que você era um daqueles que não deveriam ser Leo Leike, pois você — desculpe-me — simplesmente parecia ser muito chato.

Segundo (hoje não vou usar números, só palavras. Afinal, você já mexeu com os números, só faltaram na verdade as medidas exatas do corpo): por que justamente essas três?

Terceiro: qual das três você preferiu?

Quarto: diga-me quem você era. Por favor! Dê-me pelo menos uma pequena dica.

Com cordial, porém crescente, impaciência,

Emmi

Uma hora e meia depois

Fw:

Por que justamente as três? Emmi, uma coisa pra mim já era certa simplesmente há muito tempo: você é uma mulher, por assim dizer, "danada de bonita". Afinal, droga: você sabe que é bonita. Você demonstra que sabe que é bonita. Você escreve isso repetidamente nas entrelinhas, e às vezes até mesmo diretamente. Nenhuma mulher blefa com algo assim se não estiver 100% segura de que causa um bom efeito nos homens. Você fica até mesmo ofendida se, como "mulher interessante", não faz imediatamente com que todas as outras mulheres presentes fiquem pra trás e sejam esquecidas. Quero lembrá-la de seu ponto 2) de ontem. Ali você escreveu: "Talvez não houvesse assim tantas 'mulheres consideravelmente interessantes' no bar. Talvez o Mister Leike se interesse apenas (consideravelmente) por (consideravelmente) muitas mulheres." Portanto você se considera a mais interessante de todas e acha que é quase um atrevimento não ser reconhecida como tal imediatamente. Então foi fácil pra mim: tive somente que observar mulheres atraentes que, primeiro, pareciam estar à procura de algo (disfarçando bem ou disfarçando mal) e segundo, que pudessem calçar 37. Caso exatamente dessas três.

Quanto a sua terceira pergunta: de qual das três eu gostei mais? Não tem fundamento. Todas três são ao seu modo atraentes, mas todas três são, para mim, felizes no casamento, têm dois filhos, e se não tiverem seis bichinhos ao menos têm um gato de nome Jukebox. Todas três vivem, para mim, em outro mundo, que eu posso olhar somente de forma virtual, em que não estou autorizado a entrar. Eu já disse várias vezes que prefiro imaginar minha própria Emmi na minha cabeça (ou melhor dito, na tela) em vez de persegui-la ou sentir saudades dela na realidade. Porém, quero revelar a você que a Emmi Rothner número 1), a Emmi original, me parece ser a mais autêntica, aquela que mais se aproxima da Emmi que se apresenta a mim ao escrever.

Quanto a sua quarta questão: se você confessar que é idêntica a uma das minhas três candidatas a Emmi, então eu dou a dica de quem eu poderia ter sido.

Com todo o carinho,

Leo

20 minutos depois

Re:

Então está bem, Leo. Mas primeiro você dá a sua dica, daí eu confirmo ou mando uma mensagem de erro!

Três minutos depois
Fw:
Você tem irmãos?

Um minuto depois
Re:
Sim, uma irmã mais velha, que mora na Suíça. Por quê? Era essa a dica?

40 segundos depois
Fw:
Sim, era essa a dica, Emmi.

20 segundos depois
Re:
Mas isso não quer dizer nada!

Um minuto depois
Fw:
Eu tenho um irmão mais velho e uma irmã mais nova.

30 segundos depois
Re:
Que interessante, Leo. Mas vamos falar sobre isso em outro momento. Afinal, agora eu só tenho cabeça pro possível irmão do irmão mais velho e da irmã mais nova.

50 minutos depois
Re:
Olá, Leo, onde você está? Isso é uma pausa para me manter num suspense dramático?

Oito minutos depois
Fw:
Eu vejo minha irmã Adrienne frequentemente. Somos muito unidos. Nós contamos tudo um ao outro. Bem, querida Emmi, isso aí foi mais do que uma dica. No mais, você mesma vai ter de ligar os pontinhos. E agora me diga: você era uma das três "Emmis"?

40 segundos depois

Re:

Leo, isso está cifrado! Dê-me UM indício claro, por favor! Em seguida eu te digo.

30 segundos depois

Fw:

Pergunte-me como minha irmã é.

35 segundos depois

Re:

Como é sua irmã?

25 segundos depois

Fw:

Ela é alta e loura.

30 segundos depois

Re:

Ah, está bem, ok, eu desisto!

Querido Leo, psicólogo da linguagem, observador do ser humano: EU SOU REALMENTE UMA DAS TRÊS. Mas três mulheres que calçam o mesmo número não podem ser mais diferentes do que as que você descreve. Fico impressionada como você pode achar todas as três igualmente interessantes e atraentes. Mas os homens são assim mesmo.

Espero que você tenha uma noite agradável. Vou fazer uma pausa-do--Leo. Tenho novamente que cuidar de outras coisas, mais essenciais.

Tchau,
Emmi

Uma hora depois

Fw:

Agora você foi bem Emmi original, a número 1.

Cinco horas mais tarde

Fw:

Minha irmã é modelo. Boa noite!

No dia seguinte
Assunto: !!!!!!
NÃO!

45 minutos depois
Fw:
É sim.

40 segundos depois
Re:
A modelo-anjo-vampe loura de pernas compridas?

25 segundos depois
Fw:
É minha irmã!

Três minutos depois
Re:
E você era o sujeito que estava de mãozinhas dadas com ela e parecia tão apaixonado por ela.

Um minuto depois
Fw:
Isso era apenas um disfarce. Ela observava as mulheres e descrevia em detalhes para mim todas aquelas que pudessem ser Emmi.

40 segundos depois
Re:
Sacanagem, eu não sei mais como você era! Vi você somente muito de relance.

15 minutos depois
Fw:
Na verdade, eu salvei a pátria dos homens dessa noite no café. É como você mesma disse há pouco: "Tinha um sujeito bem interessante, talvez o único mesmo, de pé no balcão, à direita, de mãozinhas dadas com uma modelo loura de pernas compridas, meio vampe, meio angelical." Eu vou imprimir isso e emoldurar!

Dez minutos depois

Re:

Você não deveria ficar assim tão convencido, meu querido. No fundo, eu só vi mesmo aquela loura bonita. E pensei: quem estiver com uma mulher dessas só pode mesmo ser um sujeito interessante. De você, eu sei apenas que: é relativamente alto, relativamente magro, relativamente jovem, relativamente bem-vestido. Você tem também ainda relativamente cabelos, relativamente dentes, até onde consigo me lembrar. O que mais me impressionou em você eu vi no rosto de sua suposta amante, sua irmã. Ela olhava pra você de um jeito que se olha pra quem realmente se ama e admira. Mas talvez isso também tenha sido encenado assim apenas para se livrar de Emmi Rothner. Aliás, essa foi uma ação realmente inteligente de sua parte, aparecer lá com sua irmã. Também achei simpático que você tenha falado de mim com ela. Isso me deu uma sensação boa. Imagino que você tenha realmente uma aparência legal, Leo! (E eu estou mais do que feliz por você não ser nem o urso peludo nem qualquer outro daqueles da câmara dos horrores do Café Huber.)

30 minutos depois

Fw:

E eu mais do que nunca não sei como você é, minha querida. Fiquei o tempo todo de costas para as candidatas a Emmi que a Adrienne detectou. Ela descreveu as mulheres do "ponto de vista feminino", daí os detalhes ligados à moda. Não deu para ter uma percepção pessoal minha.

Uma hora depois

Re:

Eu ainda tenho uma pergunta, Leo, antes de terminarmos nosso jogo de modo tão inteligente quanto começamos: qual "Emmi" agradaria mais a sua irmã, ou seja, qual ela acha que eu sou?

Dez minutos depois

Fw:

Teve uma que ela disse: "Essa poderia ser ela!" Pra outra, ela disse: "Essa é provavelmente ela!" E sobre uma terceira ela afirmou: "Por essa você se apaixonaria!"

30 segundos depois

Re:

POR QUAL VOCÊ SE APAIXONARIA????

40 segundos depois

Re:

Querida Emmi,

tenho 100% de certeza de que não vou revelar isso a você NUNCA. Poupe, por favor, todo e qualquer esforço para arrancar isso de mim. Boa noite. Obrigado pelo "jogo" tão estimulante. Eu gosto muito de você, Emmi!

Leo

25 segundos depois

Re:

Pela loura de peitos grandes, né?

50 segundos depois

Fw:

Sem chances, querida Emmi!

Um minuto depois

Re:

Uma resposta evasiva também é uma resposta. Portanto, a loura de peitos grandes!

Na noite seguinte

Assunto: Não foi um bom dia

Querido Leo,

você teve um bom dia hoje? Eu não tive um bom dia.

Boa tarde, boa noite.

Emmi

(A propósito: em que Emmi você está pensando agora, se estiver pensando em Emmi? Espero que você ainda pense em Emmi!)

Três horas e meia depois

Fw:

Quando penso em Emmi, não penso em nenhuma daquelas três descritas por minha irmã, e sim na quarta, na minha. E mais: sim, é claro que eu ainda penso em Emmi. Por que você não teve um bom dia? O que ele teve de pior?

Boa noite, bom dia,

Leo

No dia seguinte

Assunto: Um bom dia!

Bom dia.

Você vê, querido Leo, é assim que se começa um bom dia! Eu abro a caixa de entrada e, diante de mim, pipoca uma mensagem de Leo Leike. Ontem: dia ruim. Nenhum e-mail do Leo. Nada mesmo. Absolutamente nada. Nem uma coisinha sequer do Leo. O que pode vir a ser um dia assim?

Leo, vou lhe dizer uma coisa: acho que deveríamos parar com isso. Eu estou ficando dependente de você. Não posso esperar o dia inteiro pra receber o e-mail de um homem que me vira as costas quando me encontra, que não quer me conhecer, que só quer e-mails de mim, que usa minhas palavras para criar a mulher que imagina, visto que ele sofre provavelmente até o limite da dor com mulheres que ele de fato encontra. Assim eu não posso continuar. Não tenho nenhuma satisfação com isso. Você entende isso, Leo?

Duas horas depois

Fw:

Ok, eu te entendo. Tenho quatro perguntas sobre isso, bem de acordo com o esquema de perguntas rothneriano.

1) Você quer me conhecer pessoalmente?
2) Pra quê?
3) Isso vai levar a quê?
4) Seu marido vai ficar sabendo disso?

30 minutos depois

Re:

Quanto à 1) Se eu quero conhecer você pessoalmente? É claro que eu quero conhecer você pessoalmente. Melhor pessoalmente do que impessoalmente, não?

Quanto à 2) Pra quê? Isso eu só vou saber depois que tivermos nos conhecido.

Quanto à 3) Isso vai levar a quê? Àquilo a que isso leva. Caso não leve àquilo, então é porque não devia mesmo. Portanto, isso leva de qualquer jeito àquilo que deve levar.

Quanto à 4) Se meu marido vai ficar sabendo disso? Isso eu só vou saber quando souber aonde isso levou.

Cinco minutos depois
Fw:
Você então trairia seu marido?

Um minuto depois
Re:
Quem disse isso?

40 segundos depois
Fw:
É a minha interpretação.

35 segundos depois
Re:
Preste atenção para não interpretar muito.

Dois minutos depois
Fw:
Do que você sente falta em seu marido?

15 segundos depois
Re:
Absolutamente nada. Nada mesmo. De onde você tirou essa ideia de que eu sinto falta de algo nele?

50 segundos depois
Fw:
É a minha interpretação.

30 segundos depois

Re:

Como você chegou a essa interpretação? (Você começa lentamente a me enervar um pouco com essa sua interpretação de psicologia da linguagem.)

Dez minutos depois

Fw:

Pela forma como você insinua que quer algo de mim. E esse algo você só poderá me dizer o que é quando tiver me conhecido. Mas QUE você quer algo, isso é incontestável. Dito de outra forma: você está à procura de algo. Chamemos isso de aventura. Quem procura uma aventura é porque não está vivendo uma. Não é verdade?

Uma hora e meia depois

Re:

Sim, eu estou à procura de algo. Procuro urgentemente um padre que me explique o que significa trair o marido. Ou pelo menos se esse padre que nunca traiu consegue imaginar o que seja trair, não só porque ele não tem uma mulher com quem trair a sua própria, mas também porque ele não tem uma mulher a quem trair, salvo a Virgem Maria. Leo, por favor, não dê uma de "Pássaros feridos"! Eu não estou à procura de qualquer aventura com você. Eu quero apenas olhar uma vez nos olhos do meu confidente de e-mail. Se isso significa "trair" para você, então eu confesso que sou uma traidora em potencial.

20 minutos depois

Fw:

Mas, apesar disso, por precaução, eu não diria nada a seu marido.

15 minutos depois

Re:

Leo, eu não gosto quando você fica assim tão puritano! Não me importa que você seja assim com suas próprias coisas, mas não com as minhas. Ser feliz no casamento não significa que se deva entregar diariamente um relatório sobre todos os seus encontros ao parceiro. Eu deixaria Bernhard morto de tédio com isso.

Dois minutos depois

Fw:

Então você não diria nada sobre nosso encontro a seu Bernhard por medo de deixá-lo morto de tédio?

Três minutos depois

Re:

Olha só como você escreveu "seu Bernhard", Leo! Não posso fazer nada se meu marido também tem um nome. Isso está longe de significar que ele me pertença, que ele passe 24 horas acorrentado ao meu lado, enquanto eu o afago sem parar e ainda por cima sussurro de vez em quando "Meu Bernhard!". Leo, eu realmente acho que você não tem noção do que seja um casamento.

Cinco minutos depois

Fw:

Emmi, eu ainda não falei sequer uma palavra acerca de casamento. Aliás, você ainda não respondeu a minha última pergunta. Mas como foi mesmo que você disse agora há pouco? Uma resposta evasiva também é uma resposta.

Dez minutos depois

Re:

Querido Leo,

vamos parar por aqui. Afinal é VOCÊ que me deve uma resposta a uma pergunta decisiva. Que eu repito a você de bom grado: Leo, você quer me encontrar? Caso queira, então faça isso! Caso não queira, então abra o jogo, o que é isso tudo, como devemos prosseguir, ou ainda, se devemos de fato prosseguir com isso.

20 minutos depois

Fw:

Por que não podemos continuar a conversar por escrito, como fizemos até aqui?

Dois minutos depois

Re:

Eu não entendo isto: ele simplesmente não quer me conhecer! LEO, seu incorrigível, talvez eu seja a loura de peitos grandes!!!

30 segundos depois
Fw:
E o que eu ganharia com isso?

20 segundos depois
Re:
Você poderia olhar pra eles.

35 segundos depois
Fw:
E isso lhe agradaria?

25 segundos depois
Re:
A mim, não, mas a você! Isso agrada a qualquer homem, acima de tudo àqueles que não o admitem.

50 segundos depois
Fw:
Diálogos assim me agradam muito mais.

30 segundos depois
Re:
Aha, então você gosta de conversas eróticas virtuais.

Três minutos depois
Fw:
Essa foi uma boa conclusão, Emmi. Infelizmente tenho de sair de casa. Espero que você tenha uma noite agradável.

Quatro minutos depois
Re:
Hoje foram 28 e-mails que trocamos, Leo. Qual o resultado disso? Nada. Qual é o seu lema? A falta de compromisso. Qual o seu comentário final? Você espera que eu tenha "uma noite agradável". Com isso, estamos mais ou menos no mesmo nível de um "Feliz Natal e Próspero Ano Novo é o que lhe deseja Emmi Rothner". Resumindo: nós não nos aproximamos um milímetro sequer em 100 e-mails e um encontro profissionalmente permeado por a-gente-ape-

nas-não-pode-se-conhecer. O que sustenta nosso "íntimo desconhecimento" mútuo é unicamente o esforço tremendo que fazemos e fizemos para tanto. Leo. Leo. Leo. Pena. Pena. Pena.

Um minuto depois

Fw:

Se eu passo um dia sem lhe mandar um e-mail sequer, você reclama. E se eu mando, ao longo de cinco horas, 14 e-mails, você reclama do mesmo jeito. Acho que ultimamente eu não consigo te agradar, querida Emmi.

20 segundos depois

Re:

Não por e-mail!!!

Boa noite, Sr. Leike.

Depois de quatro dias

Sem assunto

Iuhu!

Bj,

Emmi

No dia seguinte

Sem assunto

Leo, se isso for uma tática, então é uma tática abominável! Pode me agradecer. Nunca mais vou lhe escrever. Tchau.

Cinco dias mais tarde

Sem assunto

Mas eletricidade você ainda tem, né, Leo? Aos poucos começo a ficar preocupada com você. Escreva pelo menos "bééé!".

Três minutos depois

Fw:

Ok, Emmi, por mim, a gente se encontra. Você ainda quer? Quando? Hoje? Amanhã? Depois de amanhã?

15 minutos depois

Re:

Veja só, o desaparecido! E agora, de repente, ele está um tanto apressado pra me encontrar. Sim, eu provavelmente ainda quero. Mas primeiro me explique por que você não entrou em contato durante uma semana e meia. E, por favor, explique direitinho!!

Dez minutos depois

Fw:

Minha mãe morreu. Expliquei direitinho?

20 segundos depois

Re:

Merda. Mesmo? De quê?

Três minutos depois

Fw:

Em resumo, de falta de sorte. No hospital disseram "tumor maligno". Ainda bem que tudo foi relativamente rápido. Ela sofreu pouco, fisicamente falando.

Um minuto depois

Re:

Você estava ao lado dela quando ela morreu?

Três minutos depois

Fw:

Perto. Eu estava com minha irmã na sala de espera. Os médicos eram da opinião de que naquele momento não seria muito oportuno vê-la. Eu me pergunto quando teria sido "mais oportuno".

Cinco minutos depois

Re:

Você tinha uma ligação forte com ela? (Perdoe-me, Leo, as pessoas fazem sempre as mesmas perguntas.)

Quatro minutos depois

Fw:

Há uma semana, eu ainda teria dito: Não, eu não tenho qualquer ligação com ela. Hoje eu me pergunto o que é que me corrói aqui o estômago se não for "ligação". Mas não quero entediá-la com minha história familiar, Emmi.

Seis minutos depois

Re:

Você não está me entediando em nada, Leo. Você gostaria de me encontrar e falar sobre isso? Talvez eu seja a pessoa certa nessa situação. Alguém bem distanciada de sua vida — e ao mesmo tempo, de algum modo, bem próxima a você. Vamos esquecer por ora todas as formalidades e nos encontrar como bons e velhos amigos íntimos.

Dez minutos depois

Fw:

Sim, está bem, eu lhe agradeço, Emmi! Vamos nos encontrar hoje à noite? Mas vou lhe avisando: alcancei um novo pico em minha "falta de humor".

Três minutos depois

Re:

Meu querido, querido Leo, hoje à noite infelizmente não dá. Mas amanhã à noite! Tipo por volta de 19h? Num café no centro da cidade?

Oito minutos depois

Fw:

Amanhã é o enterro. Mas até as sete horas já deve ter acabado tudo. Eu escrevo um e-mail para você até as cinco. Aí a gente decide exatamente onde se encontra. Combinado?

Dez minutos depois

Re:

Sim, Leo, vamos fazer assim. Eu ainda queria lhe dizer algo que o consolasse. Mas talvez isso acabe soando como um "Feliz Natal e Próspero Ano Novo". Portanto, deixa pra lá. Estou com você. Imagino como esteja. Nem vou me atrever a desejar-lhe uma "boa noite". Afinal, essa noite com certeza não vai ser boa. Mas amanhã à noite quero lhe dar meu apoio.

Até breve,

Emmi! (Apesar das más circunstâncias: estou animada para ver você!)

Cinco minutos depois

Fw:

Eu também!

Leo

No dia seguinte

Assunto: Cancelamento

Querida Emmi,

infelizmente terei de cancelar nosso encontro de hoje. Amanhã eu lhe explico por quê. Por favor, não fique zangada. E obrigado pelo apoio que você me daria. Por conta disso, tenho você em alta conta!

Lembranças,

Leo

Duas horas depois

Re:

Tá bem.

Emmi

No dia seguinte

Assunto: Marlene

Querida Emmi,

passei a noite de ontem com Marlene, minha ex-companheira. Ela também esteve no enterro. Ela gostava muito de minha mãe, e vice-versa. Foi importante pra mim conversar com ela sobre tudo. Ela é como uma chave, que consegue abrir os portões emperrados da minha história familiar. Ela também tinha acesso à minha mãe, algo que sempre me faltou. Ontem, Marlene estava num péssimo estado. Ela é que precisou ser consolada por mim. Fiquei feliz com esse papel. Não suporto que se compadeçam por mim. Prefiro consolar alguém. (Às vezes, a mim mesmo, mas isso eu gosto de guardar pra mim.) Espero que você não fique zangada comigo por eu ter "substituído" você. E eu também pensei: Leo, por que você tem de envolver uma mulher que não tem absolutamente nada a ver com seu passado? E aí eu também não quis que você me visse como estou agora. Quero que você me veja num estado melhor.

Espero que você me entenda, Emmi. Eu lhe agradeço novamente pelo apoio que queria me dar. Isso foi uma grande prova de confiança.

Com carinho,

Leo

Três horas depois

Re:

Tudo bem.

Bj,

Emmi

Cinco minutos depois

Fw:

Não, não está tudo tão bem do jeito que você escreveu "tudo bem"! Afinal, o que é que há, Emmi? Você ficou com o orgulho ferido com meu cancelamento? Você se sente usada por mim (já que acabou não sendo necessária)?

Duas horas e meia depois

Re:

Não, Leo, não. Apenas estou muito ocupada e, por isso, tão reticente.

Oito minutos depois

Fw:

Não acredito nisso. Eu conheço você, Emmi. De certo modo, eu conheço você. O estranho é que estou ficando com remorso somente de imaginar que você esteja se sentindo ofendida, sendo que você mesma melhor do que ninguém sabe que não teria absolutamente nenhuma razão para estar.

Quatro minutos depois

Re:

Não diga bobagens, querido Leo: você pelo menos conseguiu consolá-la? Está rolando algo de novo com Marlene?

Oito minutos depois

Fw:

Ah, é isso! Sim, é claro! Leo Leike se atreve a encontrar a ex-namorada depois do enterro da mãe. Emmi Rothner, que geralmente não poupa esforços para apresentar o Sr. Leike como o teólogo da moral, de repente fareja a decadência ética. E aí eu posso acrescentar mais uma coisa agora mesmo, querida Emmi. Vou dizer a você que eu, seis horas após o enterro da minha mãe, por um triz não dormi com minha ex-namorada. Espero que você esteja devidamente chocada!

Boa noite.

Três minutos depois

Re:

Explique-me como alguém pode não dormir "por um triz" com uma pessoa. E antes de tudo: por que esse alguém não fez isso "por um triz". Estou convencida de que somente os homens conseguem fazer isso. Você provavelmente havia pensado que poderia "consolar" sua sofrida ex-namorada na cama. Mas pouco antes ela percebeu isso e sussurrou em seu ouvido: "Leo, não, isso não seria bom pra nós agora. Isso destruiria novamente toda a confiança que reconstruímos hoje à noite." E você pensou: Que pena, que pena, por um triz...

15 minutos depois

Fw:

Sabe, querida Emmi, acho mesmo sensacional que você, com tamanha naturalidade e persistência, queira extrair de mim explicações sobre questões privadas que estão a quilômetros de dizer respeito a você. E com que senso de oportunidade você expressou, no pior dos momentos, sua vileza, com a qual você visa a reduzir as outras pessoas àquilo que, como sempre, primeiro ocorre a você mesma: sexo. Sexo. Sexo. Aos poucos começo a me perguntar também por que é assim com você.

Oito minutos depois

Re:

Querido Leo,

com todo o respeito a seu luto: quem foi que se vangloriou de por pouco não ter dormido com sei lá quem? Você ou eu? Leo, sinto muito, mas consigo visualizar bem tais situações do tipo "por um triz". Eu mesma já passei várias vezes por algo assim no passado e tenho muitas amigas que ainda passam por isso constantemente — e sofrem com isso. Caso tenha sido completamente diferente com você e Marlene, então, por favor, perdoe-me. A propósito, um homem com sua sensibilidade já deveria saber que uma mulher com a minha sensibilidade deve se sentir sensivelmente rejeitada com um cancelamento de última hora "motivado por ex-namorada". É, Leo, eu me sinto grosseiramente rejeitada por você. Eu simplesmente não sou uma qualquer, nem mesmo pra você.

Atenciosamente,

Emmi

No dia seguinte

Assunto: Emmi

Não, Emmi, você não é uma qualquer. Se alguém não é uma qualquer, esse alguém é você. E não o é de forma alguma pra mim. Pra mim, você é como uma segunda voz dentro de mim, que me acompanha durante o dia a dia. Você fez do meu monólogo interior um diálogo. Você enriquece minha vida interior. Você questiona, insiste, satiriza, você entra em conflito comigo. Eu lhe agradeço tanto por seu humor, seu charme, por sua vivacidade e, sim, até mesmo por suas "vilezas".

Mas, Emmi, você não pode querer se tornar a minha consciência! Para ficar num terreno que lhe é caro: pouco deve lhe importar quando, com quem, com que frequência e que tipo de sexo eu faço. Eu não pergunto a você como as coisas funcionam entre você e o seu Bernhard na cama. Honestamente: isso não me interessa absolutamente nada. O que não quer dizer que eu nunca tenha fantasias sexuais quando penso em você. Mas eu as mantenho cuidadosamente distantes de você, pois não quero reivindicá-las a você. Elas existem exclusivamente dentro de mim e é lá que permanecem. Nós não podemos invadir a esfera privada um do outro. Isso não leva a nada.

Emmi, as palavras aparentemente insignificantes que trocamos sobre a morte de minha mãe me fizeram incrivelmente bem. Lá estava novamente aquela segunda voz dentro de mim, fazendo as perguntas que faltavam, dando as respostas pendentes, que permanentemente rompem e se infiltram em minha solidão. Eu de imediato tive a vontade urgente de deixar que você se aproximasse mais de mim, de tê-la bem perto de mim. Se você tivesse tido tempo naquela mesma noite, isso teria acontecido. Hoje tudo estaria diferente entre nós. Todos os segredos teriam acabado e todos os enigmas teriam sido resolvidos. Logo depois de cumprimentar você, eu despejaria minha pesada bagagem familiar e com isso nós capitularíamos. Nenhum encantamento mais, nenhuma magia. Teríamos conversado e conversado, até não ter mais sobre o que falar, e aí? Desilusão, o que mais? Como se pode dominar a imediação de um encontro se nunca se treinou pra isso antes? Como teríamos olhado um pro outro? O que teríamos repentinamente visto um no outro? Como escreveríamos um pro outro hoje? O que escreveríamos? Ainda escreveríamos um pro outro? Emmi, eu simplesmente tenho medo de perder a minha "segunda voz". Eu quero mantê-la. Quero lidar cuidadosamente com ela. Ela se tornou imprescindível pra mim.

Leo

Três horas depois

Re:

Continuando com um dos meus temas preferidos: sinto muito, mas NÃO É VERDADE QUE POUCO ME IMPORTA QUANDO, COM QUEM, COM QUE FREQUÊNCIA E COMO VOCÊ FAZ SEXO! Se eu sou mesmo a escolhida "segunda voz" de alguém, então também tenho direito de voto quando se trata de julgar se é apropriado quando, com quem, com que frequência e como esse alguém faz sexo. (Sendo que devo admitir que liguei relativamente pouco para a passagem "como", querido Leo. Mas isso se vê depois.) Bem, agora vou deixar você sozinho com a sua voz interior. Amanhã damos prosseguimento.

Beijinho,

Emmi

Uma hora e meia depois

Fw:

Posso também ser cínico uma vez, prezada Emmi? Supondo-se que eu fosse o "monstro peludo" do Café Huber: você se importaria quando, com quem, com que frequência e como eu faria sexo? Ou ainda: será que você se importa quando eu... e assim por diante, porque você persegue em seus e-mails um ideal de homem em mim, diante do qual simplesmente é impossível deixar de se importar — apesar da felicidade no casamento com Bernhard — com quando ele... e assim por diante? Afinal isso confirmaria a minha teoria de que somos alternadamente as vozes de nossas respectivas fantasias. Isso já não é bonito e valioso o suficiente para que deixemos as coisas como estão?

No dia seguinte

Assunto: Primeira resposta

Querido Leo,

sabe o que eu detesto de verdade em você? Suas formulações sobre meu marido. "Apesar da felicidade no casamento com Bernhard" — por favor, que porcaria é essa? "Felicidade no casamento" soa como (e de propósito!) "Execução dos deveres matrimoniais da cópula conjugal". Ou ainda: "Consumação regular, registrada em cartório, da relação sexual, com apropriada troca de fluidos corporais." Querido Leo, você está zombando do meu casamento! E eu sou muito sensível quanto a isso. Pare com isso!

45 minutos depois
Fw:
Emmi,
você fala o tempo todo de sexo. Isso já é algo patológico!

Uma hora depois
Re:
Eu nem mesmo comecei a falar direito sobre sexo, meu querido amigo. Ontem você saiu com umas tiradas notáveis. Por exemplo, o lance das "fantasias sexuais", em que você precisa de duas frases negativas para me afirmar que não é verdade, que você nunca teria tido algumas fantasias em relação a mim. É assim que o Leo faz! Outra pessoa teria dito: "Emmi, às vezes tenho pensamentos eróticos com você!" Leo Leike diz: "Emmi, isso não quer dizer que eu nunca tenha fantasias sexuais quando penso em você." E aí você se admira que eu não me afaste do assunto? Não é que eu seja patológica, mas é você que se comporta de maneira bem original com seu sexo verbal, querido Leo! Em resumo: não acredito em suas considerações sexuais pastorais. Afinal, o que faz o bom Leo com suas fantasias sexuais duplamente negadas? Eu cito: "Mas eu as mantenho cuidadosamente distantes de você, pois não quero reivindicá-las a você." Ele não quer reivindicá-las a mim? E aí a Emmi já se pergunta que fantasias irreivindicáveis são essas mesmo? Fale-me mais sobre isso calmamente.

20 minutos depois
Re:
Ah, tem mais, mestre Leo. Você escreveu ontem: "Nós não devemos invadir a esfera privada um do outro." Eu lhe digo uma coisa: aquilo que fazemos aqui, sobre o que falamos, é esfera privada. Esfera privada e nada mais que esfera privada, desde os primeiros e-mails até hoje, num crescendo contínuo. Nós não escrevemos nada sobre nossos trabalhos, não revelamos quaisquer interesses, não mencionamos sequer um hobby, fazemos como se não houvesse cultura, ocultamos a política, continuamos a nos virar até mesmo sem previsão do tempo. A única coisa que fazemos e que nos faz esquecer todo o resto é: nós invadimos nossas esferas privadas; você, a minha, e eu, a sua. Você deveria admitir aos poucos que é íntimo de mim na esfera privada, e, por sinal, de uma

forma excepcionalmente diferente daquela correspondente ao meu suposto assunto favorito. Eu diria até mesmo: muito mais além daquilo.

Boa noite,

Emmi

Uma hora e meia depois

Fw:

Querida Emmi,

você sabe o que EU realmente detesto em você? Seus constantes "Senhor Leo", "Mestre Leo", "Professor Leo", "O Senhor Psicólogo da Linguagem", "O Senhor Teólogo da Moral". Faça-me um favor. Deixe apenas "Leo". Suas mensagens sarcásticas sempre chegam direitinho, afiadas e precisas. Agradeço sua compreensão!

Leo

Dez minutos depois

Re:

Blergh! Eu não gosto de você hoje!

Um minuto depois

Fw:

Nem eu de mim.

30 segundos depois

Re:

Isso agora foi novamente muito legal de sua parte, eu admito!

20 segundos depois

Fw:

Obrigado.

15 segundos depois

Re:

Por nada.

Uma hora e meia depois

Fw:

Já está dormindo?

Três minutos depois
Re:
Raramente antes de você.
Boa noite!
30 segundos depois
Fw:
Boa noite.

40 segundos depois
Re:
Você ainda está pensando muito em sua mãe? Eu gostaria de tirar um pouco desse seu peso.

30 segundos depois
Fw:
Você acabou de fazer isso, querida Emmi.
Boa noite.

Capítulo 4

Três dias depois

Assunto: Fim da trégua!

Querida Emmi,

demos uma pausa nos e-mails por três dias. Acho que agora podemos aos poucos retornar. Espero que você tenha um bom dia de trabalho. Penso muito em você, de manhã cedo, ao meio-dia, no fim da tarde, à noite, entre esses horários, e logo antes e depois deles — e também durante eles.

Com todo o carinho,

Leo

Dez minutos depois

Re:

M, Me, Mes, Mest, Mestr... Querido Leo,

VOCÊ deu uma pausa nos e-mails, não eu! Fiquei estressadamente observando como você dava uma pausa nos e-mails. E esperei até que você afinal terminasse a pausa. Esperei por isso muito impacientemente. Mas valeu a pena. Você está aí de novo, você está pensando em mim, que lindo! Você está bem? Hoje, no finzinho da tarde ou comecinho da noite, você teria tempo e vontade de tomar uma taça de vinho comigo? É claro que separadamente. Portanto você e a Emmi imaginária. E eu e o Leo virtual. Enquanto isso, a gente trocaria algumas palavras. Você quer?

Oito minutos depois

Fw:

Sim, Emmi, a gente pode fazer isso. Seu B, Be, Ber, Bern, Bernh… seu marido não está em casa hoje?

Três minutos depois

Re:

Você se diverte com essas perguntas, né? Sempre soa um pouco como se você quisesse me castigar por ser feliz no casamento. Sim, Bernhard está em casa. Está ou em seu escritório preparando o dia seguinte ou está sentado em seu sofá lendo. Ou deitado em sua cama dormindo. A partir da meia-noite, em geral, a terceira opção. Respondi o suficiente?

Seis minutos depois

Fw:

Sim, obrigado, o suficiente! Quando você fala de seu marido, Emmi, sempre soa um pouco como se você quisesse me mostrar como se pode viver separada e independentemente, quando, apesar de ou justamente porque se está feliz no casamento. Você não escreve "no escritório", mas "em SEU escritório". Ele não está sentado "em nosso sofá", mas "em SEU sofá". É, ele não se deita "em nossa cama", mas "em SUA cama".

Quatro minutos depois

Re:

Querido Leo, você não vai acreditar, mas na verdade aqui em casa cada um tem seu próprio quarto, seu próprio sofá e, sim, até mesmo sua própria cama. Afinal, cada um curiosamente tem sua própria vida. Você está chocado?

25 segundos depois

Fw:

Então por que vocês vivem juntos?

18 minutos depois

Re:

Leo, como você é doce! Ingênuo como um rapaz de 20 anos. Não há placas em nossos escritórios com a inscrição "Entrada proibida", nem a permanência em nossos sofás "não é permitida a pessoas estranhas". Nem nossas camas têm o aviso de "cuidado, morde!". Em resumo: ambos têm seus feudos, mas cada um é cordialmente convidado a entrar no feudo do outro, ou, como formulamos faz pouco tempo, a "invadir a esfera privada do outro". E então? Quer saber mais alguma coisa sobre o casamento?

30 segundos depois

Fw:

E qual a idade das crianças?

35 minutos depois

Re:

Fiona tem 16, Jonas, 11. E "meu Bernhard" é um pouco mais velho do que eu. Então, querido Leo, acabou a aula sobre a família! Gostaria de tirar as crianças de nossas conversas. Você me escreveu há alguns meses que conversar comigo era uma espécie de "terapia de superação da Marlene". (É claro que eu não sei se isso ainda tá valendo, você poderia me comunicar isso oportunamente!) Pra mim, é como uma "pausa da família", quando eu escrevo pra você e leio o que você me manda. Sim, é uma ilhazinha na minha vivência diária, uma ilhazinha em que eu gosto muito de ficar sozinha com você, se estiver ok pra você.

Cinco minutos depois

Fw:

Está ok, Emmi! Às vezes, simplesmente me pega de surpresa a curiosidade sobre como é sua vida fora de nossa nebulosa ilhazinha, de como é sua vida arraigada em terra firme, no porto seguro do casamento. (Perdoe-me, isso simplesmente coube como uma luva aqui.) Mas agora eu sou de novo uma ilha, por completo. Portanto, quando vamos beber nossa taça de vinho? Meia-noite é muito tarde pra você?

Dois minutos depois

Re:

Meia-noite é maravilhoso! Então espero ansiosamente por nosso encontro.

20 segundos depois

Fw.

Eu também.

Até lá.

Meia-noite

Sem assunto

Querida Emmi,

aqui é o Leo, que lhe deseja uma meia-noite idílica, bem a dois, somente pra nós dois. Posso te abraçar, Emmi? Posso te beijar? Eu estou beijando você. Bem, e agora vamos beber. O que você está bebendo? Eu estou bebendo um Sauvignon Visintini, Colli Orientali del Friuli, 2003. E você, o que está bebendo? Escreva pra mim logo, Emmi, logo mesmo, tá? O que a Emmi está bebendo? Eu estou bebendo vinho branco.

Um minuto depois

Re:

Mas essa não é sua primeira taça, Leo!!!

Oito minutos depois

Fw:

Ah, a Emmi está escrevendo de novo. Emmi. Emmi. Emmi. Eu estou um pouco bêbado, mas só um pouco. Bebi a noite inteira até dar meia-noite, até Emmi vir me visitar. Sim, é verdade. Essa não foi minha primeira garrafa. Estou com saudade da minha Emmi. Você quer vir aqui? A gente simplesmente apaga a luz. Não precisa se ver. Eu só quero sentir você, Emmi. Eu fecho os olhos. Tudo aquilo com Marlene não faz o mínimo sentido. Nós nos ferimos. Nós não nos amamos. Ela acha que sim, mas nós não nos amamos, isso não é amor, é apenas dependência, é posse apenas. Marlene não quer me deixar, e eu, eu não consigo prendê-la. Eu estou um pouco bêbado. Não muito, mesmo. Você vem até aqui, Emmi? Vamos nos beijar? Minha irmã diz que você é belíssima, Emmi, quem quer que seja você. Você já beijou um estranho? Agora vou tomar mais um gole do Friuli. Estou bebendo a nós. Já estou um pouco bêbado. Mas não muito. E agora é a sua vez de novo, escreva pra mim, Emmi. Escrever é como beijar, só que sem os lábios. Escrever é beijar com a cabeça. Emmi, Emmi, Emmi.

Quatro minutos depois

Re:

Pois é, eu tinha imaginado que nosso primeiro encontro à meia-noite seria diferente. Leo, seu bebum! Mas até que tem seu encanto. Sabe de uma coisa, Leo? Eu vou ser breve, você provavelmente nem consegue mais distinguir as letras. Mas se você estiver a fim, então me conte um pouquinho como é você em casa. Mas não me escreva nada de que você possa se arrepender depois de acordar do delírio amanhã cedo. Daí então eu bebo uma taça de vinho tinto francês do Vale do Rhône, safra de 1997. Bebo em sua homenagem! Na verdade, eu sugeriria a você a passar pra água mineral. Ou faça um café forte pra você!

50 minutos depois

Fw:

Você é tão rigorosa, Emmi. Não seja tão rigorosa. Eu não quero nenhum café. Eu quero Emmi. Venha até aqui. Vamos tomar uma tacinha de vinho. Podemos usar vendas nos olhos, como naquele filme. Não sei como se chama o filme, preciso pensar. Eu gostaria tanto de beijar você. Tanto faz como você é. Eu me apaixonei por suas palavras. Você pode escrever o que quiser. Você pode escrever sossegada com rigor. Eu amo tudo. Afinal você não é rigorosa mesmo. Você se obriga a isso, você apenas quer parecer mais forte do que é. Marlene não toma uma gota de álcool. Marlene é uma mulher muito comedida, mas fascinante, é o que dizem todos que a conhecem. Ela estava com um piloto da Espanha. Mas isso já passou. Ela diz que pra ela só existe um, e que esse sou eu. Sabe, isso é uma mentira. Eu não existo mais pra ela. Dói tanto quando a gente se separa. Eu não quero mais me separar de Marlene. Mamãe gostava dela. Minha mãe morreu, ela estava infeliz. É algo bem diferente do que eu imaginava. Algo em mim morreu também. Percebi depois que ela morreu. Minha mãe não cuidou muito de mim, só da minha irmãzinha. E meu pai emigrou para o Canadá, ele levou consigo meu irmão mais velho. Eu passei despercebido em algum lugar aí no meio. Fui ignorado. Eu era uma criança quieta. Posso lhe mostrar fotos. Você quer ver fotos? No carnaval eu sempre era o Buster Keaton. Gosto de heróis calados, tristes, engraçados, que fazem caretas.Venha, vamos beber mais uma taça a nós e ver fotos de carnaval. Pena que você seja casada. Não, é bom que você seja casada. Você trai o seu marido, Emmi? Não faça isso. Dói quando se é traído. Eu já estou um pouco bêbado, mas ainda estou pensando claramente. Marlene me traiu uma vez. Isso quer dizer que eu sei como é. A gente olha pra Marlene e sabe que ela trai alguém. Emmi, eu vou enviar isso agora. Eu estou beijando você. E mais um beijo. E mais um beijo. E mais um beijo. Tanto faz quem você é. Sinto falta de estar próximo. Eu não quero pensar na minha mãe. Não quero pensar em Marlene. Quero beijar Emmi. Eu estou um pouco bêbado, perdoe-me. Eu vou enviar isso agora. Daí vou dormir. Beijo de boa-noite. Pena que você é casada. Acho que a gente iria se dar bem. Emmi. Emmi. Emmi. Eu gosto de escrever Emmi. Uma vez com o dedo do meio da mão esquerda, duas com o indicador direito, e daí com o dedo do meio direito, duas filas acima. EMMI. Eu poderia escrever Emmi mil vezes. Escrever Emmi é beijar Emmi. Vamos dormir, Emmi.

Na manhã seguinte
Assunto: Olá
Olá, Leo,
está de volta entre os terráqueos?
Com todo o carinho,
Emmi

Duas horas e meia depois
Re:
Você ainda está refletindo como se explicar e, acima de tudo, ME explicar seus e-mails noturnos? Não precisa, Leo. Eu achei bonito o que você me escreveu ali sem querer, bem bonito mesmo. Você deveria ficar bêbado mais vezes, aí você se transforma mesmo numa pessoa sentimental, muito aberta e sem rodeios, muito delicado, até certo ponto impetuoso e passional. Fica bem em você, o Descontrolado! E eu me sinto lisonjeada que você tenha querido me beijar tanto! Portanto me escreva sim!! Eu estou realmente curiosa pra saber o que você acha disso. Quando está sóbrio, você sempre se esforça muito para não ser aquele Leo espontâneo de quando está um tanto embriagado. Espero que este Leo não tenha vomitado.

Três horas depois
Re:
Leo? ? ? ? Não é justo não dar notícias! E é broxante. Isso cheira a um homem que de manhã cedo não assume mais o que na noite anterior sussurrou no ouvido de uma mulher enquanto estava embriagado de amor. Também cheira à atitude de um homem bem típico, bem medíocre, bem tedioso. De qualquer jeito, isso não cheira a Leo. Portanto escreva de uma vez por todas!!!!

Cinco horas depois
Fw:
Querida Emmi,
agora são dez da noite. Você quer vir até aqui em casa? Eu pago o táxi pra você. (Eu moro longe do centro.)
Leo.

Cerca de duas horas depois

Re:

Ops! Querido Leo, agora são 23h45. Você ainda está sonhando ou já está dormindo? Se não estiver, então lhe pergunto:

1) Você realmente queria que eu fosse até sua casa?
2) Você ainda quer que eu vá até sua casa?
3) Será que você não está novamente "um pouco bêbado"?
4) Digamos que eu vá até sua casa, o que você imagina que faríamos juntos?

Cinco minutos depois

Fw:

Querida Emmi,

1) Sim. 2) Sim. 3) Não. 4) O que rolasse.

Três minutos depois

Re:

Querido Leo,

1) Aha. 2) Aha. 3) Bom. 4) O que rolasse? Sempre rola o que se quer que role. Portanto, o que você quer que role?

50 segundos depois

Fw:

Eu realmente não sei, Emmi. Mas acho que saberemos assim que nos virmos.

Dois minutos depois

Re:

E se não rolar absolutamente nada? Então ambos vamos ficar de um lado pro outro como dois idiotas, damos de ombros e um diz pro outro: "Sinto muito, por algum motivo não vai rolar nada." E o que vamos fazer então?

Um minuto depois

Fw:

Esse é um risco que temos que correr. Portanto, venha, Emmi! Tenha confiança! Confie em nós! Confiemos em nós!

25 minutos depois

Re:

Querido Leo,

essa sua urgência insólita, que em geral não é de sua natureza, está me irritando. Tenho uma suspeita. Acho que você sabe exatamente o que pode rolar. Você provavelmente ainda está um pouco alto da noite de ontem, portanto super "a fim". Você quer intimidade. Você quer esquecer Marlene; melhor dizendo, superar. E você leu livros desse tipo, viu as respectivas cenas de filme, últimos tangos com Marlon Brando e por aí vai. Leo, essas cenas eu também conheço: ELE vê ELA pela primeira vez, possivelmente na penumbra, de modo que o que talvez não é tão bonito também fique bonito. Não se diz uma palavra, as roupas caem ao chão. Quase que mortos de fome, um cai sobre o outro, não poupam nada, brincam durante horas pelas paisagens de seus corpos. Corta. A próxima imagem: ele está deitado de barriga pra cima, um sorriso frívolo nos lábios, os olhos fitam com lascívia o teto do quarto, como se ele quisesse comê-lo também. Ela está deitada com a cabeça sobre seu peito. Satisfeita como uma gazela depois da passagem de uma manada de cervos no cio. Um deles talvez ainda esteja baforando fumaça de cigarro através das narinas. Daí a imagem se desvanece lentamente. E o que acontece depois? Isto é o que mais me interessaria: o que acontece depois? ? ?

Leo, assim não dá. Você excepcionalmente deixou escapar o homem-clichê. Sim, é claro que isso tudo seria ainda gradual. Com a "venda nos olhos" que você, de porre, sugeriu ontem. Nós não deveríamos nem mesmo nos ver. Você abre a porta pra mim às cegas. Nós nos abraçamos às cegas. Nós fazemos sexo às cegas. Nós nos despedimos às cegas. E amanhã, você novamente me escreve e-mails moralistas defendendo que não se deve trair, e eu, como sempre, respondo insolentemente. E se tiver sido bom à noite, então a gente repete, completamente apartados de nossas outras vidas, completamente independentes de nosso diálogo. Sexo em seu mais alto nível de absoluta falta de compromisso. Não há nada a perder, nada está em jogo. Você tem a sua "proximidade", eu tenho a minha aventura extraconjugal. Devemos admitir, é uma ideia excitante. Mas é também um pouquinho uma fantasia masculina, tenho de lhe dizer, querido Leo. De qualquer jeito a gente não pode se meter nisso. Ou, pra formular de modo ainda mais claro: não comigo! (Eu disse isso com toda a delicadeza, sinceramente!)

15 minutos depois

Fw:

E se eu tivesse apenas lhe mostrado de muito bom grado algumas fotos da minha infância? E se eu tivesse apenas desejado beber com você um copo de uísque ou vodca sour — à nossa saúde e nossa iniciativa de finalmente nos vermos? E se eu tivesse simplesmente desejado ouvir sua voz? E se eu talvez tivesse apenas desejado inalar um sopro do cheiro de seus cabelos e sua pele?

Nove minutos depois

Re:

Leo, Leo, Leo... às vezes isso soa como se você, entre nós dois, fosse a mulher, e eu, o homem. Mas eu poderia jurar que isso é apenas um jogo entre nós dois, do mais alto nível. Penso masculinamente pra poder te entender, eu tento me colocar no universo masculino, retiro de minhas experiências todo o mundo do pensamento masculino mais o respectivo vocabulário — com o resultado de ser acusada por você de que EU tenho fixação em sexo. Leo, eu exponho os motivos clássicos de vocês, homens, para fazer convites urgentes à meia-noite — e você vira a mesa e afirma que os motivos são meus. Leo, seu santo do pau oco, seu romântico retraído! Admita que a sua campainha virtual tocando na minha casa às dez da noite não tinha o objetivo de ver fotos de sua infância comigo. (Será que você tem também uns selos legais? Aí eu teria ido imediatamente, é claro...)

Três minutos depois

Fw:

Querida Emmi,

por favor, nunca mais diga "vocês, homens", quando quiser falar de MIM. Eu sou muito diferente pra me deixar misturar com o generalizante e na maior parte das vezes odioso plural "vocês, homens". Não tire conclusões sobre mim a partir de outros homens. Isso me deixa doente, e como!

18 minutos depois

Re:

Ok, ok, desculpe! Você pode continuar a habilmente enrolar quanto à "sua" razão pra de repente querer me ver com urgência, no meio da noite. Leo, não é nenhuma vergonha, pelo contrário, isso me deixa muito lisonjeada, e você não cai sequer um milímetro no meu conceito por querer, durante um ímpeto sexual e um arroubo amoroso pós-alcoólico, fazer o número-da-venda-nos-olhos com a desconhecida e supostamente não tão feia Emmi. Ah, a propósito: agora já é uma e meia da madrugada e logo terei que ir pra cama. Obrigada novamente por sua oferta tentadora. Foi audacioso. Eu gosto quando você é espontâneo. E também gosto quando você, bêbado, me afoga em beijos. Boa noite, Leo. E um beijo meu pra você.

Cinco minutos depois

Fw:

Não quis fazer "número" com ninguém.

Boa noite.

Doze minutos depois

Re:

Ah, mais duas coisas, Leo. Eu hoje já nem consigo mais dormir: se eu, portanto, realmente tivesse ido pra sua casa, sério que você acha que eu deixaria você pagar meu táxi?

Segundo: se eu, portanto, realmente tivesse ido pra sua casa, qual das três Emmis do repertório de sua irmã deveria ter ido? A Emmi original agitada? A Emmi loura de peitos grandes? Ou a Emmi surpresa tímida? Afinal, é bom que fique claro pra você: a sua Emmi imaginária estaria pra sempre morta no instante do nosso encontro.

Um dia depois

Assunto: Problemas com o software?

Leo? É a sua vez!

Três dias depois

Assunto: Pausa

Querida Emmi,

estou escrevendo pra você somente para que saiba que não é isso, não é que eu não escreva mais pra você. Quando estiver novamente pronto e souber O QUE eu poderia lhe escrever, então o farei imediatamente. Agora estou recolhendo os pedaços esquizofrênicos em que me parti nos últimos dias. Se conseguir colar os pedacinhos, darei notícias.

Emmi, você está desafiando minha cabeça o tempo todo. Sinto sua falta. Sinto saudade de você. Leio seus e-mails várias vezes, diariamente.

Leo.

Quatro dias depois

Assunto: Traição

Olá, senhor Leike,

você está com remorso? Precisa me confessar algum segredo? Há algo que eu não saiba, que deveria saber? Se for esse o caso: acho que sei o que é. Fiz uma descoberta terrível em minha caixa de entrada. Você sabe do que estou falando? Se souber, então alivie o seu remorso, por favor!!!

Lembranças,

Emmi Rothner

Três horas e meia depois

Fw:

Emmi, o que há com você? E que e-mail codificado foi esse? Você agora está criando uma teoria conspiratória? De qualquer maneira, não tenho ideia do que você está falando. Que descoberta terrível foi essa que você fez em sua caixa de entrada? Por favor, seja mais clara! E não seja tão terrivelmente formal apenas por conta de uma suspeita!

Com carinho,

Leo

30 minutos depois

Re:

Prezado senhor Psicólogo da Linguagem,

caso eu em algum momento verifique que minha suspeita era fundada, vou lhe odiar por toda a minha vida!!!! Melhor você dizer logo.

25 minutos depois

Fw:

Não importa o que te deixou nesse estado, querida Emmi, sua forma de falar me dá medo. Não quero ser vítima desse ódio vazio e preventivo que você, com ideias confusas e rimas incompreensíveis, está formando em seu cérebro corrompido. Fale claro ou passar bem! Agora estou realmente furioso!

Leo

No dia seguinte

Assunto: Traição II

Encontrei uma amiga no domingo. Contei a ela sobre você, Leo. "Ele trabalha com quê?", ela me perguntou. "Ele é psicólogo da linguagem e trabalha também na universidade", respondi. Psicólogo da linguagem? Sonja ficou bem surpresa. "O que ele faz?", ela quis saber. Eu: "Não sei exatamente, a gente não fala sobre nossos trabalhos, somente sobre nós." Daí me ocorreu: no começo, ele me contou sobre um estudo acerca da linguagem dos e-mails, com que ele estava trabalhando então. Depois disso, nunca mais se tocou nesse assunto. Por conta disso, o olhar da minha amiga Sonja de repente ficou sombrio e ela disse textualmente: "Emmi, cuidado, talvez ele esteja apenas estudando você!" Isso me deu um choque violento. Em casa, imediatamente li nossos antigos e-mails. E lá, no dia 20 de fevereiro, encontrei o seguinte trecho de um deles: "Estamos trabalhando no momento num estudo sobre a influência do e-mail em nossa linguagem e — a parte essencialmente mais interessante — sobre o e-mail como veículo de emoções. Daí minha pequena inclinação às conversas sobre o assunto. Mas de agora em diante eu vou me conter, isso eu lhe prometo."

Então, querido Leo, agora você entende por que eu me sinto assim, como me sinto? LEO, VOCÊ ESTÁ APENAS ME ESTUDANDO? VOCÊ ESTÁ ME TESTANDO COMO VEÍCULO DE EMOÇÕES? PRA VOCÊ, EU NÃO PASSO DO CONTEÚDO FRIO DE UMA DISSERTAÇÃO DE DOUTORADO OU SENÃO UM TERRÍVEL ESTUDO DE LINGUAGEM?

40 minutos depois

Fw:

Melhor você pegar essa informação com seu Bernhard. Eu de qualquer maneira já estou farto de você. Além disso, com o peso de suas emoções, qualquer veículo acabaria desabando.

Leo

Cinco minutos depois

Re:

Somente porque você passou para o contra-ataque, isso não quer dizer que as minhas preocupações, quanto a ser usada por você em sua psicologia da linguagem, tenham se dissipado no ar. Portanto, por favor, dê-me uma resposta clara, Leo. Você está me devendo uma.

Três dias depois

Assunto: Leo!

Querido Leo,

tive três dias horríveis. O medo — sim, foi um verdadeiro ataque de pânico — de o tempo todo ter sido usada por você para fins de estudo tem agora o mesmo peso do receio contrário: talvez eu tenha sido injusta com você. Talvez eu tenha destruído algo entre nós com a minha acusação apressada. Eu realmente não sei o que seria pior: ser "enganada" por você ou, com um ataque de desconfiança cega, ter arrancado da terra a nossa plantinha da confiança que foi cuidadosamente plantada e tratada com zelo.

Querido Leo, por favor, coloque-se no meu lugar. Tenho de admitir que, há muito tempo, eu não compartilhava sentimentos com ninguém de maneira tão intensa como com você. Eu mesma fico admirada na maioria das vezes de ver como isso é possível. Consigo ver nos meus e-mails pra você a verdadeira Emmi, como nunca antes vi. Na "vida real", quando se quer que as coisas saiam bem, se você está determinado, a gente tem de negociar o tempo todo com nossas emoções: eu não posso reagir de forma exagerada em relação a ISSO! Eu tenho de aceitar ISSO! Tenho de ignorar ISSO! O tempo todo a gente adequa nossos sentimentos às circunstâncias, poupa aqueles a quem amamos, interpreta as centenas de pequenos papéis do dia a dia, pesa as coisas na balança, a fim de não pôr em risco a estrutura geral, afinal a gente também faz parte dela.

Com você, querido Leo, eu não tenho vergonha de ser espontânea, do jeito que sou bem lá no fundo. Não fico imaginando o que posso pedir de você e o que não posso. Só estou escrevendo alegremente à toa. E isso me faz incrivelmente bem!!! E isso é uma conquista sua, querido Leo, por isso você se tornou tão indispensável pra mim: você me aceita como eu sou. Às vezes, você me reprime, certas coisas você ignora, outras você leva pro caminho errado. Mas sua insistência em ficar perto de mim me mostra que posso ser como eu sou. E posso fazer um pouco mais de propaganda de mim mesma? Sou bem mais mansa do que aparento em meus e-mails. Isto é: se alguém já gosta da Emmi daquele jeito, que se entrega, que realmente não se esforça para passar uma boa impressão, que enfatiza com ardor as suas características negativas... Sim, Leo, eu sou ciumenta, sou desconfiada, sou um pouco neurótica, não tenho em princípio o outro sexo em alta conta — a propósito, nem o meu... Agora perdi o fio da meada, portanto: se alguém já gosta da Emmi daquele jeito, que não se esforça para ser boa, que põe pra fora suas fraquezas em geral reprimidas, então com mais razão vai gostar da Emmi do jeito que ela realmente vive, afinal ela sabe que só se pode exigir que alguém aguente o outro até certo ponto, do jeito que ele é, com um monte de caprichos, um contêiner de inseguranças e um monte de incoerências.

Mas não se trata só de mim. Leo, penso o tempo todo em você. Você ocupa alguns milímetros quadrados do meu cérebro (ou do meu cerebelo, da minha hipófise, não faço ideia de onde seja quando se pensa em alguém como você). Você de fato acampou com sua tenda lá. Eu não sei se você é como aquele que escreve. Mas se você for apenas uma parte daquele que escreve, então você já é alguém muito especial. Aí temos as suas linhas e as minhas rimas: elas resultam mais ou menos num homem tal como eu imagino, de modo que pode ser que ele realmente exista. Você sempre escreveu sobre a sua "Emmi imaginária". Talvez eu esteja menos disposta a me dar por satisfeita com o meu "Leo imaginário", a apenas imaginar permanentemente alguém de quem gosto tanto. Ele tem de ser de carne, osso ou algo parecido. Ele tem de poder resistir a um encontro comigo. A gente ainda não chegou a esse ponto. Mas percebo em mim que nós podemos nos aproximar cada vez mais por meio da escrita. Até que enfim estejamos de pé, um na frente do outro. Ou sentados em frente um ao outro. Ou ajoelhados. Tanto faz.

Leo, vejamos o e-mail que estou escrevendo agora mesmo para você: imaginar que você está analisando palavra por palavra a fim de extrair um conhecimento científico delas, para citar exemplos de como e com o que se pode transmitir emoções, ou ainda pior, com o que se pode despertar emoções em outra pessoa, de que forma se deve escrever de modo que o outro se envolva, imaginar isso é tão terrível que eu poderia chorar de dor!!! Por favor, diga-me que nosso diálogo não tem nada a ver com seu estudo. E, por favor, perdoe-me por eu ter imaginado isso. Eu sou uma pessoa assim: tenho de contar com o pior pra poder erguer as minhas barreiras imunológicas, com as quais eu então aguento, caso isso realmente se torne verdade.

Leo, esse foi o mais longo e-mail que escrevi pra você até agora. Não o ignore. Apareça novamente. Não levante acampamento do meu córtex cerebral. Eu preciso de você! Eu... estimo você!

Emmi

P.S.: Eu sei que já é muito tarde. Mas tenho certeza de que você ainda está acordado. E estou convencida de que você ainda vai dar uma olhada em sua caixa de entrada. Você não precisa me responder agora. Mas talvez possa me escrever uma única palavra, de modo que eu saiba que você recebeu minha mensagem? Uma palavra, pode ser? Também poderiam ser duas palavras ou três, se for mais fácil. Por favor. Por favor. Por favor. Por favor. Por favor.

Dois segundos depois

Fw:

MENSAGEM DE AUSÊNCIA TEMPORÁRIA. O DESTINATÁRIO ESTÁ VIAJANDO E SOMENTE TERÁ ACESSO NOVAMENTE A SEUS E-MAILS NO DIA 18 DE MAIO. EM CASO DE EMERGÊNCIA ELE SERÁ NOTIFICADO PELO INSTITUTO DE PSICOLOGIA DA UNIVERSIDADE, CUJO E-MAIL É: psi-uni@gr.vln.com.

Um minuto depois

Re:

Isso é o fim da picada!

Capítulo 5

Oito dias depois

Assunto: De volta!

Olá, Emmi,

estou de volta. Eu estava em Amsterdã. Marlene estava comigo. Fizemos uma nova tentativa. Foi uma tentativa breve. Ao cabo de dois dias, fiquei de cama com uma pneumonia. Foi humilhante pra mim, por cinco dias ela ficou sacudindo o termômetro e sorrindo pra mim meio bondosa meio amargurada, como uma enfermeira com trinta anos de trabalho, que odeia o emprego, mas que tenta não responsabilizar o paciente por isso. Amsterdã foi o contrário do que eu havia pensado, não foi um novo começo, mas sim um velho fim, um fim, para o qual nós, ao longo dos anos, já acumulamos grande prática. Desta vez, fomos muito respeitosos um com o outro. Ela disse que estará presente sempre que eu precisar de alguma coisa. Ela se referia a qualquer coisa da farmácia. E eu disse: se você acha que não pode viver sem mim, e eu continuo certo de que não posso viver sem você, então vamos simplesmente viajar por uns dias para Amsterdã — e provarmos o contrário.

A propósito, contei a Marlene sobre nós. Ela reagiu como se isso fosse mais preocupante do que a minha pneumonia. Eu disse: tem uma mulher na internet que me interessa muito. Ela: quantos anos ela tem? E como ela é? Eu: Não tenho ideia. Entre 30 e 40 anos. Morena, loura ou ruiva. De qualquer modo, ela é feliz no casamento. Ela: Você está doente!

Essa mulher, eu disse a ela, me dá a possibilidade de pensar em outra pessoa que não você, Marlene, e, apesar disso, sentir-me de maneira parecida. Ela me perturba, me inquieta, às vezes eu poderia mandá-la pra Lua, mas da mesma forma eu a traria bem satisfeito de volta lá de cima. Afinal eu preciso dela aqui, sobre a Terra. Ela consegue ouvir. É inteligente. É espirituosa. E, o mais importante: está presente quando eu preciso. "Se é bom pra você escrever pra ela, então escreva", Marlene me aconselhou, a caminho da cama. "E tome os remédios!", completou.

Emmi, eu estou desnorteado. Como me livro dessa mulher? Ela é como uma geladeira, mas fico quente quando a agarro. Quando ando por Amsterdã com ela, pego uma pneumonia. Mas quando ela, à noite, coloca a mão sobre a minha testa, começo a arder.

Então, Emmi, parte 2: eu estou de volta. Não estou pensando em levantar acampamento do seu córtex cerebral por vontade própria. Eu gostaria que a gente continuasse a se escrever. E também gostaria que a gente se conhecesse pessoalmente. Nós já perdemos todas as ocasiões racionais, lógicas, óbvias e devidas para tanto. Negligenciamos as mais simples regras do jogo da proximidade. Somos velhos amigos íntimos, nos apoiamos mutuamente no dia a dia, às vezes somos, sim, até mesmo, como um casal. E em tudo isso nos falta o óbvio começo do primeiro encontro. A gente vai dar um jeito nisso, com certeza! Como vamos fazer isso, sem perder nada do que nos importa, eu ainda não sei. Você sabe?

Então, Emmi, parte 3: tenho consciência de que comecei meu e-mail com Marlene. Afinal, eu gostaria que nós contássemos mais sobre nossas vidas. Não quero mais fingir que somos só nós dois. Quero saber como você dá conta de seu casamento, como você lida com as crianças e todas essas coisas. Seria legal se você também compartilhasse comigo as suas preocupações. Consola-me saber que não somente eu as tenho. Ir a fundo nelas me faz bem. É uma honra pra mim ser da sua mais íntima confiança.

Então, Emmi, parte 4: por favor, não me odeie de antemão! Eu não suporto isso. Interrompi minha colaboração no estudo sobre a influência do e-mail em nossa linguagem e seu significado como veículo de emoções no começo de março. Como motivo oficial, aleguei falta de tempo. Na verdade, esse tema se tornou pra mim muito "particular" para que eu queira me ocupar dele cientificamente. Tudo certo, Emmi?

Bom dia,

Leo

(P.S.: Por um lado, minha "mensagem de ausência" foi o meu merecido castigo pra você por conta de sua agressiva mensagem de desconfiança. Por outro, senti pena de você. Você me escreveu um e-mail incrivelmente belo, franco, honesto e minucioso. Obrigado por cada palavra! Agora você tem direito novamente a algumas insolências.)

45 minutos depois

Re:

Você largou seu estudo por nossa causa? Leo, isso é lindo e eu amo você por isso! (Felizmente você não tem ideia da maneira como eu acabei de lhe dizer isso.) Agora tenho de levar o Jonas ao dentista. Infelizmente ele ainda não está anestesiado. Isso responde a sua pergunta sobre como lido com as crianças.

Até mais tarde,

Emmi

Seis horas depois

Re:

Bem, Leo. Estou sentada no meu quarto, Bernhard ainda está trabalhando, Fiona vai passar a noite na casa de uma amiga, Jonas está dormindo (com dois dentes a menos), Jukebox está comendo ração para cães (é mais barata, e pra ele tanto faz, contanto que tenha muita). Como você sabe, nós não temos esquilos, o gato provavelmente adoraria comê-los. Os móveis me fitam com reprovação. Eles farejam traição. Eles me ameaçam: Não ouse trair, olha como fomos caros, que cores que nós temos e que design! O piano diz: É melhor você não dizer a ele que Bernhard foi seu professor de piano! E nem como foi o primeiro beijo de vocês e como se sentaram em mim e se amaram. A estante de livros pergunta: Quem é esse Leo, afinal de contas? O que ele está fazendo aqui? Por que você passa tantas horas com ele? Por que você vem até mim tão raramente? Por que você anda tão pensativa? O aparelho de CD diz: Talvez aconteça de você não mais tocar o Rachmaninov — você sabe, no fim das contas, é a música que une você e o Bernhard —, mas sim ouvir o que esse Leo gosta, talvez até mesmo as Sugar Babes! Somente o armário de vinhos reage diferente: Eu não tenho nada contra esse Leo, nós três nos harmonizamos bem. A cama, porém, comporta-se de maneira ameaçadora: Emmi, se você deitar aqui, então não sonhe com outro lugar. Nunca se deixe apanhar aqui com esse Leo! Eu estou avisando!

Leo, não posso fazer isso. Não posso compartilhar esse mundo com você. Você nunca poderá se tornar parte dele. Ele é muito compacto. É como uma fortaleza. Não pode ser conquistado, não tolera invasores, permanecendo fechado a eles. Leo, nós dois temos de ficar do "lado de fora", essa é a nossa única chance, caso contrário eu perco você. Você quer saber como eu "dou conta" do meu casamento? Com bravura, Leo, realmente! E Bernhard também. Ele me respeita. Eu o estimo e prezo. Nós lidamos com respeito, um com o outro. Ele nunca me enganaria. Eu nunca poderia abandoná-lo. Não queremos nos ferir. Construímos coisas juntos. Contamos um com o outro. Temos a música, o teatro. Temos vários amigos em comum. Fiona, de 16 anos, é como uma irmã mais nova pra mim. E pro Jonas, eu de fato me tornei algo como uma mãe. Ele tinha 3 anos quando a mãe morreu.

Leo, não me obrigue a abrir meu álbum de família. Façamos, por favor, o seguinte: eu conto sobre as coisas "de casa" quando estiver realmente a fim, quando o sapato apertar, quando eu quiser saber a opinião de um amigo muito, muito próximo. Você, no entanto, pode falar de sua vida particular a qualquer momento, até os detalhes mais secretos. (Menos qualquer coisa erótica, isso eu não permito que você faça!)

Bem, agora eu vou pra cama — e finalmente vou conseguir dormir bem de novo. Leo, é tão bom que você esteja aí de novo!! Leo, eu preciso de você! Eu também tenho que me movimentar e sentir as coisas no mundo lá fora. Leo, você é meu "mundo lá fora"! E amanhã vamos falar sobre Marlene, para tanto eu preciso estar com a cabeça fria. Boa noite, meu querido!

Te envio um beijo de boa-noite!

No dia seguinte

Assunto: Marlene

Bom dia, Leo.

Quando não dá certo com uma pessoa, nem sem ela, só existe uma possibilidade: em vez dela! Leo, você precisa de outra. Você precisa se apaixonar de novo. Somente aí você vai saber o que lhe fez falta todo esse tempo. A proximidade não é o fim da distância, mas sua superação. A ansiedade não é a falta da completude, mas sim a constante procura por ela e a repetida insistência em obtê-la. Leo, isso não ajuda em nada, nós precisamos de uma mulher pra você! Tá certo, é ingênuo dizer: esqueça Marlene! Mas faça isso sim, e de verdade. A sugestão é a seguinte: em vez de pensar em Marlene, pense sempre em mim! Você pode imaginar que está fazendo comigo o que gostaria de fazer com Marlene. (Meus móveis estão olhando muito pra mim de novo.) Isso é somente uma fase de transição, até que você encontre outra mulher pra você. Como você gostaria que ela fosse? Como ela deve parecer? Vamos lá, diga finalmente! Talvez eu de fato tenha alguém pra você.

Falando sério: uma mulher que diz sobre nós "Se é bom pra você escrever pra ela, então escreva", está a quilômetros de distância daquilo que eu entendo por Amor. Marlene não ama Leo. Leo não ama Marlene. Ambos criaram essa paixão a partir da falta que sentem do amor. É isso, eu não consigo colocar de maneira mais inteligente. Agora tenho de trabalhar.

Até logo.

Emmi, a alternativa virtual

Quatro horas depois

Fw:

Cara Emmi do mundo lá fora,

gosto dos seus e-mails. Eu realmente fico muito agradecido por eles. Diga a seus móveis que admiro seu comportamento e prezo seu espírito de equipe. Não serei um invasor no lar dos Rothner, eu ocupo somente a Emmi na tela do computador! Meus cumprimentos especialmente à adega: talvez nós três façamos novamente um *happening* da meia-noite. (Prometo não beber tanto antes da hora.)

Acho especialmente encantador que você brinque com a ideia de me arranjar um par. Que tipo de mulher me agrada? Mulheres que se parecem com você quando escreve, Emmi. E mulheres em que percebo a chance de um dia também ser seu mundo interior, não somente o externo. Em resumo, mulheres que não sejam já "felizes no casamento", que não estejam presas em uma fortaleza, e que não sejam vigiadas pelos móveis de sua casa. Até que uma dessas cruze meu caminho, aceito a sua oferta de pensar em você, em vez de em Marlene. Não vou conseguir sempre, mas se você continuar a me mimar com seus e-mails, vou me aproximar cada vez mais do objetivo.

Espero que você tenha uma boa noite. Hoje eu ainda vou encontrar minha irmã Adrienne. Ela vai ficar feliz por eu ter conseguido me separar novamente de Marlene. E vai ficar feliz que eu ainda esteja em contato com você. Ela sabe apenas alguns trechos de seus e-mails, o que eu penso de você — e conhece as três candidatas a Emmi. Ela gosta de você, não importa qual delas você seja. Do mesmo jeito que o irmão dela.

No dia seguinte

Assunto: Mia!

Olá, Leo,

durante a noite eu a encontrei. É claro: Mia! É ela! Leo e Mia — já soa bem! Preste atenção, Leo: Mia tem 34 anos, é bonita como uma pintura, professora de educação física, tem pernas longas, um supercorpo, nem um grama acima do peso, pele morena e cabelos escuros. Única desvantagem: ela é vegetariana, mas basta sempre dizer "isso é tofu", daí ela come carne também. Ela lê muito, é altamente inteligente, disposta, divertida, está sempre de bom humor. Em resumo: um sonho de mulher. E mais: está solteira! Posso apresentar vocês dois?

Uma hora e meia depois

Fw:

Emmi, Emmi, Emmi! Eu já conheço essas tais "Mias" de pernas longas. Praticamente toda semana minha irmã me apresenta uma nova. Conheço catálogos de moda cheios de modelos com 0% de gordura corporal *à la* "Mia", uma mais bonita e com as pernas mais longas do que a outra. E todas estão solteiras. E você sabe por que, cara Emmi? Porque elas gostam! E porque elas ainda querem ficar assim por um tempo.

Fora isso: não quero reprimir a sua euforia, cara Emmi do mundo lá fora. Mas eu agora realmente não estou a fim de conhecer uma Mia-dos-meus--sonhos. Estou bem contente com o jeito que vivo. De qualquer maneira, obrigado por seus esforços!

A propósito: lembranças da minha irmã. Ela diz apenas para eu não cometer o erro de encontrar você. Ela diz literalmente: "Um encontro significaria o fim de sua relação com ela. E essa relação lhe faz incrivelmente bem!"

Tenha um bom dia,

Leo

Duas horas depois

Re:

Ok, Leo, nosso encontro pode esperar, já me acostumei com essa ideia. Você faz de mim uma pessoa paciente! Fico feliz pelo jeito como sua irmã pensa na gente. Mas por que ela tem tanta certeza de que um encontro iria terminar nossa "relação"? Ela acha que você terminaria ou eu?

E mais uma coisa, Leo: no seu e-mail de ontem, você novamente mencionou meu estado de "feliz no casamento". Por que você colocou "felizes no casamento" entre aspas? Isso soa como se você quisesse dizer algo retórico, com uma observação assim levemente irônica. Você entende o que quero dizer?

Agora, quanto a Mia, você me entendeu completamente errado. Ela não tem uma beleza assim tão chamativa como numa revista de moda. Mia é realmente uma mulher com classe. E ela é solteira absolutamente contra a vontade. Um caso típico de disfunção nos relacionamentos na juventude. Conhece-se um cara aos 19 anos, um adônis por fora, uma bomba de testosterona, uma verdadeira Disneylândia sexual. Por dentro: oco, acima de tudo na área do cérebro. Dois difíceis anos de espera e torcida se passam, até que ele finalmente abra a boca. Daí a magia se vai. Então se tem 21 anos de idade — e logo se conhece obviamente outra bela embalagem. E a gente pensa: desta vez deve haver algo lá dentro. Novamente não tem, próxima tentativa. A partir daí se desenrola um típico destino feminino: ela acha que precisa sempre dos mesmos tipos para corrigir o "equívoco da primeira vez". Após cada novo equívoco, porém, ela se liga mais àqueles mesmos tipos.

No caso de Mia, um se pareceu com o outro, e nenhum apagou o erro do antecessor. Pelo contrário: cada um confirmou de maneira impressionante que seu antecessor era igualmente um corpo oco como ele. Há dois anos, ela vem cansando dos homens, desmotivada no que se refere a novos encontros. Ela não dá sequer um passo em direção a alguém. Há pouco tempo, ela me disse: se você conhecer alguém simpático, pode me apresentar. Mas não quero ter absolutamente qualquer trabalho. Tudo deve rolar naturalmente. Se não rolar naturalmente, não rola mais. Essa é a Mia. Leo, estou lhe dizendo, você vai ficar impressionado com ela.

Uma hora e meia depois

Fw:

Querida Emmi, primeiro vamos voltar às suas perguntas iniciais:

1) Minha irmã não soube precisar quem de nós primeiro terminaria nossa "relação" (posso usar relação entre aspas?) depois do encontro físico. Ela quis se referir mais à incompatibilidade do diálogo escrito com o "ao vivo", que logo levaria ao fim de tudo. 2) É cada coisa que lhe chama a atenção! Eu não coloquei aspas em "felizes no casamento" de forma proposital. Talvez tenha sido o corretor ortográfico do programa que tenha feito isso automaticamente. Não, falando sério: a expressão é sua — e eu somente a cito, pois "feliz no casamento" me pareceu sempre ser uma percepção subjetiva. Eu tenho dúvida, por exemplo, de que eu entenda por "feliz no casamento" o mesmo que você ou seu marido. Isso também não é muito importante, né? Não era pra ter sido irônico de qualquer maneira, e de agora em diante eu vou deixar as aspas de lado, ok?

E agora quanto a sua amiga Mia: quando você a encontrar de novo, pode contar a ela que você conhece um homem que só precisa de uma única mulher para NÃO corrigir o "equívoco da primeira vez". Um homem que também ficou cansado e desmotivado no que se refere a novos encontros. Alguém que também não dá sequer um passo em direção a uma mulher, que não quer ter qualquer trabalho, pois tudo deve rolar naturalmente, e se não rolar naturalmente, então não vai rolar mesmo. Diga a ela: Este é o Leo, Mia! Mas não diga: "Você vai ficar impressionada com ele." Afinal, para que se impressionem, as pessoas precisam se olhar nos olhos ao menos uma vez. Mas isso provavelmente seria neste momento muito "trabalho pra se relacionar" para a Mia e o Leo.

(Além disso, fico um pouco ofendido que você me repasse pra primeira amiga disponível, Emmi. Sinto falta de seus ciúmes!)

40 minutos depois

Re:

Ah, Leo, com ou sem ciúmes, eu só posso ser sua "dona" aqui na caixa de entrada. Além disso: se você "pertencer" a uma das minhas melhores amigas, então você pertence um pouco a mim também. (Você realmente acredita que eu vou alcovitar você sem egoístas segundas intenções?) Aliás, já falei várias vezes de você para Mia. Você quer saber o que ela acha de você? (Aposto que você está dizendo agora: Não, eu não quero saber. Mas vou lhe contar assim mesmo.) Ela disse: Veja só, Emmi, era um homem exatamente assim que eu gostaria de ter, alguém que prefere receber um e-mail meu a fazer sexo. Sexo todos os homens querem. Quem tem classe é aquele que quer de mim não o mesmo, mas outra coisa: correio!

Cinco minutos depois

Fw:

Emmi, lá vem você de novo com sexo!

Três minutos depois

Re:

Obrigada, eu percebi. Mergulhei de novo no mundo dos homens.

Oito minutos depois

Fw:

Quase parece que você gosta de mergulhar lá pra poder escrever sobre sexo sem inibições.

Seis minutos depois

Re:

Querido Leo,

não se faça de santo! Você ainda se lembra do seu e-mail embebido em vinho, com a história da venda nos olhos, e seu ataque de sofreguidão pós-alcoólico no dia seguinte? Você não é o pregador ascético e sem libido que às vezes gosta de enfatizar que é! Bem, posso marcar um encontro seu com e Mia?

Três minutos depois

Fw:

Mas essa oferta não pode ser pra valer!

Um minuto depois

Re:

É claro que é pra valer! Eu estou convencida de que nem você nem Mia têm de “trabalhar” para gostarem imediatamente um do outro. Confie no meu conhecimento da natureza humana.

Sete minutos depois

Fw:

Agradeço, mas declino. Considero isso um pouco perverso, em vez de conhecer Emmi conhecer sua amiga. Boa noite!

Do SEU (ainda),

Leo

Oito minutos depois

Re:

Você não quer me conhecer pessoalmente! Boa noite pra você também.

Da (também ainda) SUA, num certo sentido,

Emmi

50 segundos depois

Re:

Ah, mais uma coisa: ainda volto a falar sobre suas observações quanto ao assunto "feliz no casamento"!! Entenda isso como uma ameaça.

Durma bem, meu querido.

Emmi

Na noite seguinte

Assunto: ???

Hoje eu não vou receber nenhum e-mail do Leo? Ele está zangado? Por causa da Mia?

Boa noite,

Emmi

Na manhã seguinte

Assunto: Mia

Bom dia, Emmi,

andei refletindo. Eu aceito a sua oferta. Se você armar, e sua amiga Mia realmente quiser, então eu a encontro!

Lembranças,

Leo

15 minutos depois

Re:

Leeeoooo? Você está de sacanagem comigo?

30 minutos depois

Fw:

Não, absolutamente. Eu realmente falo sério. Eu topo encontrar a Mia para um café. Apenas seja simpática, querida Emmi, e assuma a coordenação. Sábado ou domingo à tarde seria bom pra mim. Num café no centro estaria bom pra mim. Ou novamente o Café Huber ou o Europa, ou ainda o Café Paris, tanto faz.

40 minutos depois

Re:

Leo, você é estranho. De onde veio essa repentina reviravolta do seu humor? Você realmente não está se divertindo às minhas custas? Devo perguntar a Mia de verdade? Mas aí você não pode mais voltar atrás! Mia não é uma mulher com quem se brinque.

Três horas depois

Fw:

E eu não sou um homem que brinca com uma mulher que ele não conhece: ao menos não com brincadeiras assim. Eu simplesmente mudei de ideia: se alguém lhe confia tanto a uma mulher, por que ele não pode encontrá-la, então? Não há nada contra uma hora de conversa sem compromisso. Sim, quanto mais eu penso nisso, mais acho simpática a sua armação, Emmi.

Boa noite,

Leo

Dez minutos depois

Re:

Eu vou fazer a minha parte agora, Leo! Vou telefonar para a Mia e depois lhe dou notícias.

Uma hora e meia depois

Fw:

Que parte é essa sua que você vai fazer?

20 minutos depois

Re:

Querido Leo,

suspeito que você acha que sou eu agora quem vai dar pra trás. Afinal, você acha que eu nunca tive a intenção de lhe apresentar a uma amiga — ainda mais sendo ela atraente. Você acha que "Mia" era apenas um jeito de eu me fazer interessante pra você, não é? Querido Leo, você está enganado! E vou ligar agora para Mia, e se ela disser sim, então você realmente terá de encontrá-la, caso contrário eu vou ficar puta com você!

Com todo carinho, por enquanto,

Emmi

18 minutos depois

Fw:

Mas Mia não vai dizer sim. Pois Mia não vai entender por que ela deveria encontrar um homem estranho, que é amigo de sua amiga, um amigo que, na verdade, a própria amiga nunca encontrou. Mia vai perguntar com razão por que ela deve encontrar justo esse homem. Mia vai se sentir como uma cobaia. Mas eu não vou me enganar. Boa noite, dê minhas lembranças à adega! Depois que tivermos encerrado o caso "Mia", poderíamos beber uma taça em homenagem a nós, Emmi, o que você acharia disso?

No dia seguinte

Assunto: Mia

Olá, Leo,

como você está? Hoje está um calor terrível. Eu já não sei mais o que tirar. Você usa short e sandálias às vezes? Camiseta, camisa polo ou uma camisa perfeitamente passada a ferro? Quantos botões você deixa abertos? Jeans, calça de pregas ou — glup — bermudas? Quão claro o dia tem de estar pra você usar óculos de sol? Você tem pelos nos antebraços? E no peito? Ok, já vou parar com isso.

O que eu realmente gostaria de lhe dizer é: telefonei pra Mia. Em princípio, ela gostaria muito de tomar um café durante o dia. "Por que não?", ela disse. Mas você teria de ligar pra ela. (O que você obviamente não vai fazer.) Afinal, Mia acredita que você não quer conhecê-la de modo algum, que isso é meramente uma ação isolada de acasalamento de sua esforçada amiga Emmi. Além disso, ela quer saber como você é. Eu disse: feio ele não é, acho eu. Mas na verdade eu só vi a irmã dele... Bem, isso tudo já tá dando certo trabalho. E não vai dar em nada! Espero que sobreviva a este dia quente!

Emmi

Duas horas e meia depois

Re:

Querida Emmi,

quanto a sua pergunta: Sim, estou muito bem. Terrivelmente quente, de fato! Quando você escreve: "Eu já não sei mais o que tirar", isso significa que você quer que eu imagine como é, quando Emmi já não sabe o que tirar. Você ganhou, Emmi: eu imagino!

Eu só uso short na praia. (Mas aqui não tem nenhuma, né?) Sandálias: na verdade, nunca, mas se você quiser, eu calço umas pro nosso primeiro encontro. Se visto camiseta ou camisa? Ambas, frequentemente uma sobre a outra. Botões abertos? Depende da temperatura. No momento, estou com todos os botões abertos, mas com certeza ninguém pode me ver. Calças? Prefiro jeans a calças de pregas. Bermudas? Mais tardar em nosso primeiro encontro, Emmi, contanto que ele ocorra no verão (do próximo ano)! Óculos de sol? Se estou no sol. Pelos? Cabeça, queixo, têmporas, braços, pernas, peito... Aí já dá pra ter uma ideia.

Ah, sim, com relação a Mia: o número do telefone dela, por favor!

Bom proveito com o calor,

Leo

45 segundos depois

Re:

O quê? Você quer mesmo ligar pra Mia? Você ainda acha que eu estou blefando, né? Anote, por favor: 0773/8636271. Mia Lechberger. Satisfeito?

Uma hora e meia depois

Fw:

Obrigado, Emmi. Como pode um dia no fim de maio ser esse suadouro... Agora vou tomar um avião pra Budapeste por conta de um congresso de dois dias. Dou notícias assim que estiver de volta. Espero que você tenha dias agradáveis, Emmi.

Com todo o carinho,

Leo

Dois dias depois

Sem assunto

Olá, Leo,

você já está de volta? Adivinha com quem eu falei ao telefone hoje. E adivinha o que ela me contou. "Seu amigo do e-mail me ligou. Fiquei tão surpresa que queria desligar na mesma hora. Mas ele foi tão simpático! Um homem tão educado, amável, um pouco tímido, charmoso..." blá-blá-blá, suspiro, suspiro... "E uma voz tão agradável! Uma dicção tão boa! ..." Leo, Leo, aparentemente você fez tudo certo. Devo admitir: eu nunca julgaria você capaz de realmente ligar pra Mia. Espero que se divirtam muito em seu encontro amanhã! Aliás, Mia perguntou se eu não gostaria de ir junto. Eu respondi? Com certeza ELE não estaria de acordo com isso. Pra ele eu sou mais como um personagem imaginário, uma mulher com três rostos que ele não conhece, afinal ele não quer se apegar a uma delas somente. É verdade, né?

Lembranças,

Emmi

Três horas depois

Fw:

Olá, Emmi,

já estou de volta, mas ainda muito estressado, infelizmente. Sua amiga Mia pareceu realmente muito simpática ao telefone.

Eu dou notícias,

Leo

(P.S.: Você não tem que aparecer lá pessoalmente, Emmi. Suponho que, de qualquer jeito, Mia vá lhe contar todos os detalhes de nosso encontro tórrido.)

Doze minutos depois

Re:

Leo, você me parece tão gaiato ultimamente. Eu realmente não sei o que devo achar disso.

Bem, sorte!

A gente se vê (na próxima encarnação)!

Emmi

Capítulo 6

Três dias depois
Sem assunto
Olá, Leo, tudo bem?
Lembranças,
Emmi

15 minutos depois
Fw:
Olá, Emmi,
sim, tudo bem. E contigo?
Leo

Oito minutos depois
Re:
Também, obrigada. Fora o calor. Isso é normal? Estamos no fim de maio. 35ºC em maio — isso acontecia antigamente? Isso não acontecia antigamente! E no mais? Em geral, tudo em ordem?

20 minutos depois
Fw:
Sim, obrigado, Emmi, tudo ótimo. Você tem razão: 35ºC a gente só tinha antigamente no fim de julho, começo de agosto, talvez um ou dois dias no ano, não mais do que isso. Ok, quatro ou cinco dias, que seja. Mas não em maio, em maio ainda não! Eu lhe digo uma coisa, esse negócio do aquecimento global ainda vai ser uma questão muito importante. Não é nenhuma campanha enfadonha dos estudiosos do clima. Eu acho que nós vamos ter de nos acostumar a verões cada vez mais quentes.

Três minutos depois
Re:
É, Leo, as mudanças de temperatura serão cada vez mais extremas. E como você tem passado esses dias e noites quentes?

14 minutos depois

Fw:

E as tempestades serão mais e mais violentas. Quedas de encosta, deslizamentos de terra, enchentes. E depois períodos de seca. Você sabe o que isso significa? Não podemos subestimar as consequências econômicas e ecológicas das mudanças climáticas.

Cinco minutos depois

Re:

Abacaxis havaianos nos Alpes. Uso obrigatório de pneus pra neve na Apúlia. Campos de arroz nas Ilhas Faroe. Quiosques vendendo anticongelantes em Damasco. Colônias de camelos em Murmansk. Iate clubes no Saara.

18 minutos depois

Fw:

E nas Terras Altas da Escócia em breve vai ser possível fritar ovos sem fogo, contanto que as galinhas não sejam automaticamente grelhadas, e que até mesmo no inverno, na melhor das hipóteses, elas ponham ovos já cozidos.

Dois minutos depois

Re:

Chega, Leo, não quero continuar. Então tá bem, eu desisto: como foi? E por favor, por favor, por favor, só não me pergunte agora “como foi o quê?”. Vamos economizar algumas palavras, tá?

13 minutos depois

Fw:

Você tá falando do encontro de domingo com a Mia? Foi legal! Realmente muito legal. Obrigado por perguntar.

Um minuto depois

Re:

O que quer dizer “encontro de domingo”? Por acaso teve também um “encontro de segunda-feira”?

Oito minutos depois

Fw:

Sim, Emmi, curiosamente a gente já se encontrou ontem à noite novamente. Fomos a um restaurante italiano. Você conhece o La Spezia na Kenienstrasse? Tem um pátio interno lindo e aconchegante. Com esse calor é justamente o ideal. E acima de tudo: muito silencioso, tranquilo, com boa música e um excelente vinho do Piemonte. Eu realmente recomendo o La Spezia.

50 segundos depois

Re:

E engrenou?

18 minutos depois

Fw:

Engrenou? Você e suas expressões técnicas! O melhor é você perguntar à própria Mia. Afinal ela é uma de suas melhores amigas. Ela até mesmo diz que você é a melhor amiga dela. Emmi, infelizmente tenho de parar por hoje. Vamos nos escrever amanhã de novo, tá? Boa noite. Espero que o calor no seu quarto não seja sufocante demais.

Três minutos depois

Re:

Ainda não é tão tarde, Leo. Você ainda pretende fazer alguma coisa? Vai encontrar a Mia de novo? Caso você a veja novamente, diga a ela que me ligue. Pois eu não estou conseguindo falar com ela. Tenha uma bela noite quente,

Divirta-se bastante,

Emmi

E mais uma dica: você deveria sem falta puxar o assunto da mudança climática. Mia certamente vai ficar ouvindo por horas, do jeito que você explica com tanta empolgação.

Dois minutos depois

Fw:

Vou ver Mia amanhã de novo. Hoje eu estou simplesmente nocauteado e vou me deitar cedo. Boa noite, vou desligar agora.

Leo

30 segundos depois

Re:

Boa noite.

Três dias depois

Sem assunto

Olá, Emmi,

você também está na janela olhando pra fora? Assustador, né? Pra mim, tempestades de granizo são como um sinal do Apocalipse. Primeiro vem uma névoa ocre esquisita no céu, de repente uma cortina cinza-escura se sobrepõe a ela, daí milhares dessas pedrinhas brancas começam a se precipitar com uma velocidade imensa no chão. Como chama aquele filme que tem uma chuva de sapos, ou rãs ou galinhas? Você conhece por acaso?

Com todo o carinho,

Leo

Uma hora e meia depois

Re:

A Revolução dos Bichos, O Príncipe Sapo, Kentucky Fried Chicken. Leo, esses seus e-mails animadíssimos sobre a natureza, depois de três dias sem receber nada de você, me deixam louca! Por favor, procure outro destinatário pra eles. Eu não fui fiel a você via e-mail durante seis meses, não passei incontáveis horas diariamente com você aqui, durante semanas e meses a fio, pra gente começar agora a conversar sobre chuvaradas e névoas ocre cobrindo o céu. Se você quer me contar algo a seu respeito, então faça isso. Se quiser saber algo sobre mim, então pergunte. Mas não sou muito boa pra diálogos sobre o tempo. Será que Mia virou tanto a sua cabeça que você de repente só consegue ver granizo?

E tenho mais umas perguntas, visto que já tocamos nesse assunto: você disse a ela para não me contar nada sobre o encontro de vocês? O que é esse embargo de informação adolescente, esse segredinho idiota? Que joguinho infantil é esse? Isso realmente me estraga o prazer de continuar a conversar com você, Leo, estou falando sério.

Bom dia,

Emmi

Duas horas depois

Fw:

Querida Emmi,

não tem nem mesmo uma semana que conheci Mia. Nós só nos encontramos umas quatro vezes. Gostamos um do outro logo de cara. Nós nos entendemos otimamente, sob diversos pontos de vista. Mas ainda é muito cedo para poder avaliar como as coisas vão caminhar. E ainda é muito cedo pra ir "além" disso. Você está entendendo o que eu quero dizer? Mia e eu, nós temos primeiro que entender claramente quais são nossos sentimentos: o que é que se originou somente da circunstância em que nos conhecemos? O que é válido somente pro momento? O que é que poderia, no entanto, ter continuidade? Essas são perguntas que cada um só pode responder direitinho pra si mesmo. Por isso eu peço a você paciência, Emmi. Numa fase posterior vou te contar tudo. E quanto a Mia: pra ela isso deve ser provavelmente parecido, ainda mais que você é a melhor amiga dela. Dê-nos um pouco mais de tempo. Espero que você entenda isso.

Lembranças,

Leo

Dez minutos depois

Re:

Querido Leo,

você não pode (agora) me ver ou ouvir, por isso vou lhe revelar uma coisa. Vou lhe dizer algo em seguida com absoluta calma e serenidade, lentamente, com cautela, nem um pouquinho alterada, estridente ou agressiva, não, não, eu coloco toda a minha placidez e reverência nas próximas palavras: Leo, eu nunca havia lido um e-mail tão merda como esse que você acabou de descarregar em mim.

E tchau!

15 minutos depois

Fw:

Eu honestamente sinto muito por você, Emmi. Então é preferível que eu faça uma pausa nos e-mails. Quando você estiver a fim de entrar em contato de novo com a voz de seu "mundo lá fora", então simplesmente avise.

Com todo o carinho,

Leo

Cinco dias depois

Assunto: Eu sinto falta de (...)

Olá, Leo,

como anda o "caminhar das coisas"? Você e Mia já conseguiram classificar um pouco seus sentimentos? Você já sabe o que é "somente pro momento" e o que poderia ter "continuidade"? "Cada um" de vocês já "respondeu direitinho pra si mesmo" àquelas perguntas?

Ah, sinto falta do antigo Leo, que dizia o que devia ser dito e sentia o que devia ser sentido. Sinto tanta falta dele!!!

Bom dia,

Emmi

(P.S.: Você provavelmente está bem informado acerca de Mia e de mim. Depois que percebi que ela claramente também não sabe mais o que deve me dizer, pedi a ela que Leo Leike fosse considerado um assunto tabu entre nós.)

Três horas depois

Fw:

Querida Emmi,

sua última observação foi bem eufemista. Se eu estiver bem informado, há alguns dias você disse pelo telefone à sua amiga: "Ou você me conta tudo sobre você e o Leo, ou não me diz absolutamente nada. No segundo caso, sugiro que a gente dê o merecido tempo de alguns meses à nossa amizade de anos."

Emmi, o que está acontecendo com você? Eu não entendo. Foi VOCÊ que nos aproximou. VOCÊ queria a todo custo que eu a conhecesse. VOCÊ viu em nós o casal dos sonhos. Por que agora você está sendo tão cínica e ferina? Será que você não estava muito segura de ter o Leo como um complemento da sua vida emocional fora da família? Você agora está chateada porque acredita que perdeu a sua propriedade virtual pra sua melhor amiga?

Emmi, durante meses não tive ninguém mais próximo de mim do que você. E eu ficava (fico) feliz que todas as nossas tentativas de nos encontrarmos "fisicamente" tenham falhado. Pra mim tanto faz se você na realidade é diferente da "minha heroína Emmi do meu romance de e-mail". Aí você é perfeita, a mais bonita do mundo, ninguém chega a seus pés.

Mas, Emmi, não há mais como prosseguirmos. Tudo o mais acontece fora de nossas telas de computador. Mia é a melhor prova disso. Eu quero ser franco com você: de início fiquei ofendido por você querer me alcovitar com ela. Meu primeiro encontro foi uma espécie de reação ao desafio endereçada a você, Emmi. Mas aí eu rapidamente percebi o que diferencia você dela. Você,

Emmi, não ousa sequer descrever seu piano porque ele não tem absolutamente nenhum espaço em meu mundo. Já a Mia se debruça sobre uma mesa minúscula para enrolar o espaguete al pesto na colher. Quando ela vira a cabeça, eu sinto seu cheiro. Posso ao mesmo tempo vê-la, ouvi-la, tocá-la e sentir seu cheiro. Mia é matéria. Emmi é fantasia. Ambas com todas as suas vantagens e desvantagens.

Espero que você tenha uma ótima noite,

Leo

30 minutos depois

Re:

Meu piano é negro, tem um formato de cubo, e é feito principalmente de madeira. Ele tem uma parte proeminente onde se encontram, quando você suspende uma tampa preta abaulada na frente, as teclas, brancas e pretas. Eu na verdade deveria saber de cor quantas teclas ele tem, mas, infelizmente, primeiro teria que contá-las. Posso lhe passar o número exato mais tarde, Leo? De todo modo, as teclas brancas são maiores e há um número maior delas. Quando aperto uma tecla, um som sai da parte de cima do piano. Nunca se sabe ao certo de onde ele vem. Nem se pode dar uma olhada enquanto se toca. Mas muito mais decisivo é o tom. Quando escolho uma tecla à esquerda, o tom é mais grave. Quanto mais à direita se encontra a tecla que eu aperto, mais alto é o som. Se eu tocar repetidamente uma tecla preta atrás da outra, surge uma melodia chinesa simples, uma espécie de canção infantil do Extremo Oriente. Se me permite revelar mais uma coisa sobre as teclas brancas, e o que se pode fazer com elas, diga pra mim, Leo. Eu acho, no entanto, que com isso eu já lhe expliquei quais são as coisas mais importantes do meu piano. É, eu ousei descrever o meu piano!

Muito respeitosamente,

Emmi

Cinco minutos depois

Fw:

Você fez um bom trabalho, Emmi. Acho que agora eu tenho uma boa noção de como é o seu piano. É, consigo visualizá-lo perfeitamente. E você, Emmi, está sentada diante dele contando as teclas. Obrigado pelo espetáculo!

Boa noite.

Uma hora depois

Re:

Olá, Leo,

eu de novo. Ainda não estou com sono. Infelizmente não sei bem o que dizer. Simplesmente estou triste. Eu achava que Mia iria nos aproximar também fisicamente. No entanto, está claro que ela está nos afastando cada vez mais. E eu não posso ficar zangada com ela por isso, afinal foi ideia minha. Eu gostaria de ser honesta: eu queria que você a conhecesse, mas não queria juntar vocês dois. Pra mim, vocês eram (e são!) tudo menos um "casal dos sonhos". Eu realmente estava muito segura quanto a você, Leo. Eu pensava que conhecia você. Não achava possível que você fosse se apaixonar por ela. Mia é, sem dúvida, atraente. Mas ela é mais ou menos o contrário de mim. Ela é completamente esportiva, vigorosa, forte, musculosa. Cada parte de seu corpo é exercitada. Nela, provavelmente até mesmo os pelos das axilas são constituídos de massa muscular. O tórax é tão desenvolvido que não se veem os seios. E sua pele marcada pelo sol é uma refinaria de bronzeador de coco. Mia é a personificação do conceito de boa forma. Pra ela, o sexo deve ser como um treino com flexões e exercícios pélvicos alternado com pausas pra retomar o fôlego induzidas por orgasmos. Ela é uma mulher para a prancha de surfe, para a dieta do jejum, para a maratona de Nova York. Mas nunca uma mulher para o Leo — ao menos era o que eu pensava. Eu tinha outra ideia de você, Leo. Desejar Mia é como me rejeitar. Você consegue entender que isso me deprime?

Dez minutos depois

Fw:

Quem disse que eu desejo a Mia? Quem disse que ela me deseja?

Dois minutos depois

Re:

Epa! Você! Você! Você diz isso! E como diz! Você diz isso de uma forma horrível! Não se pode dizer de maneira pior do que você já fez em seu nojento e asqueroso e-mail "nós temos primeiro que entender claramente quais são nossos sentimentos". Lá você diz: "Nós nos entendemos superbem, sob diversos pontos de vista". Afffff...! Isso eu nunca esperaria de você, Leo!

Cinco minutos depois

Fw:

Mas é verdade: Mia e eu nos entendemos superbem, sob diversos pontos de vista. Nenhuma palavra aí é mentira. Por exemplo, nós nos entendemos superbem com relação às opiniões, observações e avaliações em comum quanto à sua pessoa, prezada Emmi Rothner!

Três minutos depois

Re:

Vai me dizer que você não dormiu com ela!

Quatro minutos depois

Fw:

Emmi, você está de novo se colocando no lugar de um homem, não é verdade? Volte pro assunto. Se eu dormi ou não com a Mia, isso é absolutamente irrelevante!

55 segundos depois

Re:

Irrelevante? Não pra mim! Quem dorme com a Mia não dormirá nunca comigo, nem mesmo em pensamento. Gostaria de enfatizar isso.

Dois minutos depois

Fw:

Não reduza nosso relacionamento o tempo todo ao fato de que a gente de vez em quando dormiu junto em pensamento.

50 segundos depois

Re:

Você de vez em quando dormiu comigo em pensamento? Estou ouvindo isso pela primeira vez. Mas soa bem!

Um minuto depois

Fw:

Falando em dormir. Desta vez, fisicamente mesmo: boa noite, Emmi. Já são duas horas da madrugada.

30 segundos depois

Re:

Sim, magnífico. Como nos velhos tempos!

Boa noite,

Emmi

No dia seguinte

Assunto: Nenhuma palavra sobre sexo

Bom dia, Leo.

Quais foram mesmo as observações sobre a minha pessoa que você e Mia fizeram em comum? O que Mia contou sobre mim? Você agora já sabe qual das três Emmis que calçam 37 eu sou? Será que sou pelo menos aquela Emmi sobre quem sua irmã afirmou: "Por ela você se apaixonaria"?

Uma hora e meia depois

Fw:

Você não vai acreditar, Emmi, mas nós não observamos você do ponto de vista externo, mas interno. Desde o começo eu deixei claro para Mia que não queria saber como você é. Ela respondeu: "Mas aí quem perde é você!" (Ela é realmente uma boa amiga.) Ela naturalmente sabia que você quer tudo, menos que eu fique com ela. Nós sabíamos que tínhamos determinados papéis. Nós nos sentamos de frente um pro outro, por dez minutos — e já éramos aliados na causa Emmi Rothner.

12 minutos depois

Re:

Aí vocês dois deliberadamente se apaixonaram.

Um minuto depois

Fw:

Quem disse isso?

Oito minutos depois

Re:

Leo Leike disse: "Já a Mia se debruça sobre uma mesa minúscula para enrolar meu espaguete al pesto na colher." Suspiro. "Quando ela vira a cabeça, eu sinto seu cheiro." Suspiro. "Eu posso ao mesmo tempo vê-la, ouvi-la, tocá-la e sentir seu cheiro." Suspiro. "Mia é matéria." Uau! Sabe, Leo, eu até perdoaria você, se fosse a Marlene. Ela apareceu antes de nossa época e tem direitos mais antigos. Mas o cheiro da Mia quando ela vira a cabeça, isso pra mim já é demais. Eu também quero um dia virar a cabeça e provocar uma lufada com meu cheiro pra você sentir, mestre Leo! (Ok, eu retiro o "mestre".) O que o cheiro da Mia tem que o meu não tem? Acredite, posso provocar maravilhosas lufadas quando viro a cabeça.

20 minutos depois

Fw:

Nós também falamos de seu casamento, Emmi.

Três minutos depois

Re:

Ah, é? Você quer voltar ao seu assunto preferido? E o que Mia disse? Ela revelou pra você que não suporta o Bernhard?

15 minutos depois

Fw:

Não, de modo algum. Ela só falou coisas positivas dele. Ela diz que seu casamento é pura e simplesmente exemplar. Ela diz que é incrível, mas que de fato tudo em seu casamento é perfeito. Ela diz que, desde que Emmi e Bernhard estão juntos, Emmi não tem mais vulnerabilidades. Ela efetivamente não sabe mais o que é expor suas fraquezas. Quando ela, Bernhard e as duas crianças aparecem, todo mundo pensa: a família dos sonhos chegou. Todos riem, todos são simpáticos, todos estão felizes. Entre você e seu marido não há necessidade de uma palavra sequer, uma harmonia silenciosa impera. Sim, até mesmo os irmãos se sentam lado a lado e se abraçam. Idílio absoluto. Os amigos que convidam os Rothner à sua casa depois acham melhor fazer algumas horas de terapia. Acreditam de repente que fizeram tudo errado. Sentem-se um fracasso. Afinal, têm um parceiro que não dá um apoio ou com o qual não se dão bem. (Ou ambos.) Ou a pessoa tem filhos que a aterrorizam. Ou as três coisas juntas. Ou a pessoa não tem aquilo nem aquilo outro — não se tem ninguém. Como a Mia, diz Mia. E somente quando se compara a Emmi é que isso, às vezes, lamentavelmente lhe ocorre.

18 minutos depois

Re:

É, eu sei o que Mia pensa em relação a mim, meu casamento, minha vida familiar. Ela não gosta de Bernhard, porque tem a sensação de que ele tirou algo dela: esse algo sou eu, a melhor amiga dela. É, que droga, ela simplesmente sofre com o fato de que as coisas comigo não estão mais tão ruins como com ela. Nossa amizade se tornou unilateral: antigamente a gente tinha assuntos em comum, chateações em comum, inimigos em comum — por exemplo, homens e seus defeitos. Era uma coisa abundante — a gente teria coisas pra contar em volumes e mais volumes, teríamos recursos ilimitados. Mas desde Bernhard as coisas mudaram. Nem com muita força de vontade eu conseguiria falar algo ruim sobre ele. Não tem sentido nenhum eu ficar ficticiamente reclamando de besteiras somente para aparentar um sentimento de solidariedade em relação a Mia. Afinal, nós nos encontramos em etapas da vida radicalmente diferentes. Esse é o problema entre mim e ela.

Cinco minutos depois
Fw:
Mia diz que só lhe ocorre uma única coisa que não se encaixa na imagem do perfeito idílio familiar dos Rothner. Ao menos ela não consegue ver sentido nisso. Embora ela muitas vezes já tenha conversado a respeito com você.

50 segundos depois
Re:
A respeito de quê?

40 segundos depois
Fw:
A respeito de mim.

30 segundos depois
Re:
A respeito de você?

15 minutos depois
Fw:
Sim, de mim, de nós, Emmi. Mia não entende por que você me escreve, como você me escreve, o que você me escreve, com que frequência você me escreve e assim por diante. Ela não entende por que o contato comigo é tão importante pra você. Ela diz: "Não falta nada a Emmi, absolutamente nada. Se ela está preocupada, ela sabe que pode me encontrar a qualquer momento, a mim ou outra amiga. Se ela busca autoafirmação, ela precisa somente passear

no calçadão. Se quiser flertar, basta distribuir senhas e chamar pelos caras na fila. Pra tudo isso ela não necessita de um parceiro-de-e-mail-permanente-e--intensivo que consuma seu tempo e suas energias." Pois é, Mia não sabe para que você precisa de mim, para que eu devo ser bom, Emmi.

Dois minutos depois

Re:

Você também não sabe, Leo?

Nove minutos depois

Fw:

Sei, acho que sim, eu acredito nas suas palavras. Tentei explicar a Mia que eu sou para Emmi uma espécie de "satélite", uma pequena distração da rotina familiar. Que ela preza e gosta como é, sem que precise estar presente. Precisa apenas escrever, fora isso, nada mais. Para Mia, no entanto, a explicação não basta. Se a Emmi faz esforços, então ela "quer" algo. E se quer algo, então ela não quer apenas muito. Quando Emmi quer algo, ela quer tudo.

Três minutos depois

Re:

Talvez Mia não me conheça tão bem, Leo. Que "tudo" é esse que eu devo querer de você? Eu nem sequer comi espaguete al pesto com você. Nem sequer virei a cabeça, de modo a gerar uma lufada, para que você pudesse sentir meu cheiro, querido Leo. Nisso a minha amiga Mia está notoriamente um pouco à minha frente. Eu não quero saber em absoluto o quanto ela está mais próxima do "tudo" em você do que eu.

Um minuto depois

Fw:

Fico feliz que você excepcionalmente uma vez não queira saber.

50 segundos depois

Re:

Quer dizer que Mia chegou perto de "tudo" com você?

Dois minutos depois

Fw:

Aí vai depender do que se quer dizer com "tudo".

55 segundos depois

Re:

Está vendo, Leo, essa é uma daquelas suas famosas respostas, que justificam o "esforço" que dedico aos meus escritos. Fique à vontade para compartilhar isso com a minha amiga Mia. Quando você vai encontrá-la de novo? Hoje?

Três minutos depois

Fw:

Não, hoje eu fui convidado para comer na casa de colegas. Aliás, eu deveria me aprontar logo.

Espero que você tenha uma boa noite, Emmi.

45 segundos depois

Re:

E você não vai levar Mia? Então ela claramente não está tão próxima de "tudo" em você.

Um minuto depois

Fw:

Não tão perto, Emmi, se isso lhe deixa tranquila.

40 segundos depois

Re:

Deixa sim!

50 segundos depois

Fw:

Emmi. Emmi. Emmi.

No dia seguinte

Assunto: Mia

Bom dia, Leo, amanhã vou encontrar Mia!

Lembranças,

Emmi

Dez minutos depois

Fw:

Olá, Emmi, bom pra você, bom pra Mia.

Lembranças também,

Leo

50 segundos depois

Re:

Não lhe ocorre mais nada pra dizer a respeito disso?

20 minutos depois

Fw:

O que você tinha em mente, Emmi? Em sua opinião, eu deveria entrar em pânico? Emmi, nós não temos reunião de pais e mestres, eu não cabulei aula, Mia não é minha professora, e você, Emmi, não é minha mãe. Portanto não tenho nada a temer.

Três minutos depois

Re:

Leo, se você e Mia — você sabe o quê — eu preferiria ficar sabendo hoje através de você, do que amanhã, da Mia. Então você vai me contar?

Quatro minutos depois

Fw:

Se eu dormi com Mia? Talvez Mia não queira que você saiba, se esse for realmente o caso.

Um minuto e meio depois

Re:

VOCÊ não quer que eu saiba. Mas, azar, Leo, eu sei! Do jeito que você escreve, só alguém que dorme com Mia escreve assim.

13 minutos depois

Fw:

E pra você isso seria uma catástrofe? Iria deixar todo o seu "mundo lá fora" inquieto? Ou isso é meramente aquela velha brincadeira de infância: eu não posso ter uma coisa, então muito menos a minha melhor amiga?

Quatro minutos depois

Re:

Leo, pra mim você é muito imaturo para esse assunto. Portanto, deixemos de lado. Espero que você tenha um bom dia ainda.

A gente se lê,

Emmi

Dez minutos depois

Fw:

Você também já esteve em melhor forma, minha querida. Sim, a gente se lê, sem dúvida.

No dia seguinte

Assunto: Mia

Oi, Leo, encontrei a Mia!

30 segundos depois

Fw:

Eu sei, Emmi, você tinha avisado.

Dois minutos depois

Re:

Você não quer saber como foi?

Quatro minutos depois

Fw:

Boa pergunta. Agora eu posso escolher entre variantes de respostas: 1) Mia já vai me contar; ou 2) você, Emmi, vai me contar de qualquer jeito.

Eu escolho o número 2.

Um minuto depois

Re:

Errou, meu querido. Pergunte a Mia como foi.

Boa tarde!

Sete horas depois

Fw:

Boa noite, Emmi, hoje seu desempenho foi um tanto fraco.

No dia seguinte

Assunto: Emmi?

Minha querida parceira-de-e-mail,

você ficou ofendida? Por que mesmo? Mia lhe contou algo que você não queria ouvir?

Duas horas e meia depois

Re:

Leo, você sabe exatamente o que Mia me contou. Você também sabe exatamente o que Mia NÃO me contou: "Sim, ele é muito simpático. Sim, a gente se entende bem. Sim, a gente se encontra com frequência. Sim, às vezes vai até bem tarde (hihihi). Sim, ele é bem ok (hahaha). Sim, ele seria um homem (suspiro) com quem uma mulher se poderia imaginar (suspiro dobrado)... Mas, Emmi, tanto faz se a gente dormiu junto! Isso não é decisivo... Ah, Emmi, por que você sempre tem que falar sobre sexo?" E assim por diante.

Meu bom Leo, essa é a Mia como ela é. Mia, quando ela é como é, fala sobre sexo durante horas! Ela descreve cada músculo que é flexionado ou de que maneira ele participa, mesmo que seja somente como espectador (ou ouvinte). Mia é capaz de subdividir, sob a perspectiva da medicina esportiva, um único orgasmo de cinco segundos em sete etapas com tabelas do gasto correspondente de calorias, que por sua vez precisam respectivamente de relatórios de uma hora de duração cada uma. Essa é Mia! E você sabe quem a Mia não é em absoluto? "Ah, Emmi, por que você sempre tem de falar sobre sexo?!" Isso é 0% Mia, mas sim 100% Leo Leike. Leo, o que você fez com Mia? E por quê? Pra me irritar?

13 minutos depois

Fw:

Mia não lhe perguntou por que você se interessa tanto em saber se eu fiz sexo com ela? Ela não lhe disse que não lhe pergunta quantas vezes você faz sexo com o seu Bernhard? (Ok, vou tirar o "seu".) Mia não lhe perguntou o que você realmente quer de mim? Ela perguntou, né? E o que foi que você respondeu, Emmi?

50 segundos depois

Re:

Eu quero e-mails dele! (Mas não como esse último.)

Um minuto e meio depois

Fw:

Às vezes não se pode escolhê-los.

Três minutos depois

Re:

Eu não quero ter de escolhê-los. Quero que eles sejam bons por conta própria. Antigamente, Leo, você me escrevia belos e-mails. Desde que você começou a fazer sexo com Mia, você só faz rodeios. Está bem, a culpa é minha, eu não deveria ter juntado você e a Mia. Foi um passo em falso meu.

Oito minutos depois

Fw:

Querida Emmi,

prometo que você irá novamente receber um e-mail bonito meu, com ou sem Mia. Hoje eu não consigo mais. A gente vai ao teatro. (Não, não Mia e eu, mas minha irmã, alguns amigos e eu.)

Boa noite,

Leo

Lembranças ao seu piano.

Cinco horas depois

Re:

Você já voltou do teatro? Hoje não estou conseguindo dormir. Será que já lhe contei sobre o vento norte? Eu não suporto o vento norte, quando minha janela está aberta. Seria bom se você me escrevesse algumas palavras. Escreva apenas: "Então feche a janela." Daí eu vou lhe responder: Eu não consigo dormir de janelas fechadas.

Cinco minutos depois

Fw:

Você dorme com a cabeça perto da janela?

50 segundos depois

Re:

LEO!!!! Sim, eu durmo com a cabeça perpendicular em relação à janela.

45 segundos depois

Fw:

E se você virar 180º e dormir com os pés voltados para a janela?

50 segundos depois

Re:

Não dá, aí eu fico sem a mesinha de cabeceira com a luminária.

Um minuto depois

Fw:

Mas pra dormir você não precisa de luminária.

30 segundos depois

Fw:

Não, mas pra ler sim.

Um minuto depois

Fw:

Então leia — e depois se vire e durma com os pés voltados para a janela.

40 segundos depois

Re:

Se eu me virar, aí eu acordo de novo e tenho de ler novamente pra conseguir adormecer. E aí vai faltar a mesinha com a luminária.

30 segundos depois

Fw:

Já sei! Basta colocar a mesinha do outro lado da cama.

35 segundos depois

Re:

Não dá, o fio da luminária é muito curto.

40 segundos depois

Fw:

Que pena, eu até tenho aqui uma extensão.

25 segundos depois

Re:

Manda pra mim por e-mail!

45 segundos depois

Fw:

Ok, vou enviar como documento.

50 segundos depois

Re:

Obrigada, eu recebi. Ótima extensão, longa toda vida! Vou colocar agora.

40 segundos depois

Fw:

Só tome cuidado pra não tropeçar nela à noite.

35 segundos depois

Re:

Ah, eu vou ter um sono tão profundo e pesado, graças a você e à sua extensão!

Um minuto depois

Fw:

Agora o vento norte pode soprar o quanto quiser.

45 segundos depois

Re:

Leo, eu gosto muito, muito de você. Você é fantasticamente bom contra o vento norte!

30 segundos depois

Fw:

Eu também gosto muito de você, Emmi.
Boa noite

25 segundos depois

Re:

Boa noite. Bons sonhos.

No dia seguinte
Sem assunto
Boa noite, Emmi.
Hoje você esperou que eu fosse o primeiro a escrever, não é?

Cinco minutos depois
Re:
Leo, eu quase sempre espero que você seja o primeiro a escrever, mas na maioria das vezes em vão. Desta vez eu persisti. Você está bem?

Três minutos depois
Fw:
Sim, estou bem. Acabei de falar com Mia. E decidimos que vamos contar tudo sobre nós a você, se você ainda quiser saber.

Oito minutos depois
Re:
Só depois é que vou saber se eu queria saber. Você anunciou isso de uma maneira tão oficial que eu, de qualquer maneira, não considero absolutamente improvável que eu depois saiba que não queria ficar sabendo. Caso seja uma história de amor com gravidez, viagem pra Veneza e data marcada pro casamento, é melhor você me poupar disso. Hoje eu já briguei com um cliente. Além disso, estou menstruada.

Quatro minutos depois
Fw:
Não, não é uma história de amor. Nunca foi uma. E fico admirado que você tenha duvidado disso, e em que medida o fez. Antes você era mais segura de suas coisas. "Suas coisas", sim, a questão é essa. Devo entrar em detalhes?

Seis minutos depois
Re:
Leo, isso é injusto! Eu era segura de qualquer coisa. Não havia qualquer "coisa". Antes eu não havia pensado o que poderia acontecer quando você encontrasse minha amiga. Eu estava simplesmente curiosa quanto ao que ela diz — e ao que você diz, Leo. Quando ela então disse, aliás NÃO disse, somente aí eu percebi quão pouco me agradava o que vocês diziam, assim como o que NÃO diziam, você e Mia. Mas continue a falar sossegado. Além do que, você

já falou mesmo a sua frase mais importante. (A primeira.) Agora não pode mais acontecer muita coisa.

Uma hora e meia depois

Fw:

Mia e eu nos vimos pela primeira vez naquela tarde de domingo no café, e logo soubemos por que estávamos sentados ali — não por nossa causa, mas por sua causa. Não tínhamos qualquer chance de nos aproximar, de talvez nos apaixonar um pelo outro. Éramos mais ou menos o contrário do "feitos um para o outro". Desde o primeiro instante, nós nos sentimos suas marionetes, como peças de xadrez que você, querida Emmi, acabara de mover. A gente só não entendeu o "jogo". E até hoje não se pode entender. Emmi, você sabe que Mia tem você na mais alta consideração, que ela admira você e, sim, também inveja. Isso deveria aumentar ainda mais meu interesse por você? Em caso afirmativo, pra que, então? Tenho de saber que você leva a sua vida em família de maneira perfeita e idílica? Pra quê? O que isso tem a ver com nossos e-mails? Eles impedem que o vento norte sopre através de sua janela, fazendo com que você não possa dormir?

E Mia: ela não conhece mais você em absoluto. Ela só captou uma coisa, desde o começo: que eu era proibido para ela. Eu trazia uma placa pendurada em volta do pescoço com o aviso: "Pertence a Emmi! Proibido tocar!" Com isso, Mia se sentiu limitada a me escutar. Ela devia lhe contar a meu respeito detalhadamente, devia lhe apresentar outra perspectiva de mim, uma que você não conhece, a física, de modo que você tivesse uma imagem completa de mim.

Bem, Emmi, Mia e eu não estávamos prontos para cumprir os papéis que nos foram dados. Havíamos decidido que iríamos estragar o seu jogo estranho. Sim, estávamos inconformados, nós não nos apaixonamos um pelo outro, mas dormimos juntos. Isso nos fez bem, foi divertido, não ficamos devendo nada um ao outro. Tudo ocorreu sem muita palpitação, sem muita ansiedade, sem uma paixão profunda. Para nós, bastava ferir você deliberadamente. Foi a coisa mais fácil e sincera do mundo. Nós estávamos sinceramente putos com você! Por isso fizemos nosso próprio jogo dentro do jogo. Sim, isso funciona por uma noite; por uma segunda, não mais. Com o tempo, só se pode dormir "com" uma pessoa, não "contra" uma terceira. E estava claro que não haveria mais nada entre Mia e eu. Mas nós continuamos a nos encontrar, era legal conversar com ela. Sim, nós gostávamos (e gostamos) um do outro e nos agrada, com isso, manter você a distância, Emmi. Um pequeno castigo por conta de sua pretensão.

Era essa a história. Estou ansioso pra saber se você vai entender — e como vai digeri-la, minha querida parceira-de-e-mail. Nesse meio-tempo, anoiteceu. É lua cheia, estou vendo. E o vento norte amainou. Você pode deixar a cabeça perto da janela.

Boa noite!

Dois dias depois

Sem assunto

Querida Emmi,

a gente fica muito triste quando nos deixam assim no ar por dois dias, como eu estou no ar, porque você me deixou no ar. Portanto, eu a convido educadamente a me responder. Atire-me rudemente no chão, mas não me deixe no ar.

Respeitosamente,

Leo

No dia seguinte

Assunto: Digestão

Olá, Leo,

Jonas machucou o braço jogando vôlei. Passamos duas noites no hospital. Só pra você ter um pequeno aperitivo do idílio familiar.

Agora quanto à digestão. Tentei digerir seu e-mail várias vezes, mas ele infelizmente me subia à boca repetidamente. Agora ele é apenas uma papa com gosto neutro. Você pergunta se deveria saber através de Mia como eu levo de maneira perfeita e idílica a minha vida em família? Querido Leo, você e Mia incorrem aí num grande equívoco. Minha vida em família é boa, mas de modo algum perfeita. "Vida em família" assim não tem nada a ver com perfeição, mas com perseverança, paciência, tolerância e braços machucados de crianças. Posso excepcionalmente me referir aqui à minha experiência de anos, que eu — sinto muito — não vejo em Mia nem em você? "Idílio familiar" é um oximoro, uma expressão em que um termo exclui o outro: ou família, ou idílio.

Bem, e agora mais algumas palavras sobre seu "jogo dentro do jogo". Você, portanto, foi pra cama com Mia, porque ambos estavam putos comigo? Algo assim tão infantil eu não escuto há muito tempo. Leo, Leo! Isso fez você perder vários pontos.

Capítulo 7

Dois dias depois

Assunto: Pondo as coisas em ordem

Olá, Emmi.

Como você está? Comigo as coisas não vão maravilhosamente bem. Também não estou muito orgulhoso de mim mesmo no momento. Eu não deveria ter conhecido Mia. Eu deveria ter sabido que isso me ligaria de uma maneira incrivelmente forte a você, Emmi. Eu acusei você de que esse era o seu objetivo. Retiro isso, pela metade. Acho que o objetivo era nosso. Nós não nos atrevemos até hoje a admitir isso. Mia era um elo, uma conexão entre nós dois. Você me conectou a ela. E eu fui à revanche por conta disso. Isso não foi justo com ela. O interesse crescente de Mia por mim corresponde ao seu interesse crescente por mim, Emmi. Acho que você deveria se reaproximar de sua amiga. E eu deveria me afastar. Tenho de pôr as coisas um pouco em ordem.

Espero que você tenha um bom dia.

Leo

Uma hora depois

Re:

E o que você vai pôr em ordem em seguida, Leo? A mim?

Oito minutos depois

Fw:

Eu sempre achei que os e-mails assim já estariam suficientemente em ordem. Mas acho que, em algum momento, deveria começar devagarzinho a pisar no freio também aqui.

Quatro minutos depois

Re:

Leo, o hesitante, está de volta ao seu elemento: "Eu acho." "Eu deveria." "Devagarzinho." "Em algum momento." "Pisar no freio." Você se diverte me participando humildemente seus retrocessos? Por favor, Leo: pise no freio, mas pise direito!!! E não me atormente com os seus eu acho, eu deveria, eu vou começar então devagarzinho... isso começa devagarzinho a me irritar!

Três minutos depois
Fw:
Ok, eu vou pisar no freio.

40 segundos depois
Re:
Finalmente.

35 segundos depois
Fw:
Já pisei.

25 segundos depois
Re:
E agora?

Dois minutos depois
Fw:
Não sei ainda. Estou esperando que paremos.

25 segundos depois
Re:
Já paramos.
Boa noite!

Dois dias depois
Sem assunto
Olá, Emmi,
como é isso? A gente não vai mais se escrever de jeito nenhum?

Sete horas depois
Re:
Aparentemente não.

No dia seguinte
Sem assunto
De vez em quando faz bem não receber e-mails.

Duas horas e meia depois
Fw:
Sim, a gente se acostuma.

Quatro horas depois
Re:
Somente aí é que a gente vê como era cansativo.

Cinco horas e meia depois
Fw:
Estresse. Puro estresse.

No dia seguinte
Sem assunto
E como vai Mia?

Duas horas depois
Fw:
Não tenho ideia, a gente não se encontra mais.

Oito horas depois
Re:
Ah, é? Que pena.

Três minutos depois
Fw:
É, é uma pena.

No dia seguinte
Sem assunto
Eu me sinto muito bem com você, Leo.

Nove horas depois
Fw:
Obrigado, só posso retribuir dizendo que eu também.

No dia seguinte
Sem assunto
Como vai Marlene? Você teve uma recaída?

Três horas depois
Fw:
Não, até agora não, mas estou trabalhando pra isso. E como vai a família? Como está o joelho do Jonas?

Duas horas depois
Re:
O braço.

Cinco minutos depois
Fw:
Sim, é verdade, perdoe-me. Como está o braço dele?

Três horas e meia depois
Fw:
Não dá pra ver. Está engessado.

Meia hora depois
Re:
Ah, tá. Certo. Claro.

Dois dias depois
Sem assunto
Estou triste, Emmi, a gente não tem mais o que dizer um ao outro.

Dez minutos depois
Re:
Talvez a gente nunca tenha tido o que dizer um pro outro.

Oito minutos depois
Fw:
Apesar disso, a gente conversou bastante um com o outro.

20 minutos depois
Re:
A gente conversou em silêncio. Só palavras vazias.

Cinco minutos depois
Fw:
Se você diz, deve ser verdade.

12 minutos depois
Re:
Que bom que você pisou no freio.

Três minutos depois
Fw:
Você que anunciou a parada, Emmi!

Oito minutos depois
Re:
E você a menciona diariamente.

Cinco horas depois
Fw:
A gente deveria parar de uma vez?

Três minutos depois
Re:
Mas a gente já fez isso.

50 segundos depois
Fw:
Você consegue direitinho botar alguém pra baixo.

Dois minutos depois

Re:

Aprendi com você, Leo.

Boa noite.

Três minutos depois

Fw:

Boa noite.

Dois minutos depois

Re:

Boa noite.

Um minuto depois

Fw:

Boa noite.

50 segundos depois

Re:

Boa noite.

40 segundos depois

Fw:

Boa noite.

20 segundos depois

Re:

Boa noite.

Dois minutos depois

Fw:

São três horas da madrugada. O vento norte está soprando?

Boa noite.

15 minutos depois

Re:

Três horas e 17 minutos. Vento oeste, ele não me afeta.

Boa noite.

No dia seguinte

Assunto: Bom dia

Bom dia, Leo.

Três minutos depois

Fw:

Bom dia, Emmi.

20 minutos depois

Re:

Hoje à noite eu viajo para Portugal pra passar duas semanas: férias na praia com as crianças. Leo, você ainda vai estar por aí quando eu voltar? Eu preciso saber isso. Com "por aí" eu quero dizer... o que eu quero dizer mesmo? Quero dizer: por aí, apenas. Você está entendendo. Tenho medo de te perder. Pra mim tanto faz frear. Tanto faz parar. Tanto faz palavras vazias e silenciosas. Contanto que sejam palavras silenciosas e vazias COM VOCÊ, não sem você!

18 minutos depois

Fw:

Sim, querida Emmi.

Não vou ficar esperando, mas estarei por aí quando você voltar. Eu sempre estou presente pra você, mesmo durante uma parada. Vamos ver como ficam as coisas conosco após essa "pausa" de 14 dias. Talvez ela nos faça bem. Acho que a gente nos últimos dias já havia praticado isso muito bem.

Com todo o carinho,

Leo

Duas horas depois

Re:

Só mais uma coisa antes de eu viajar, Leo. Mas, por favor, seja sincero! Você perdeu o interesse por mim?

Cinco minutos depois

Fw:

Sinceramente mesmo?

Oito minutos depois

Re:

Sim, sinceramente mesmo. Sinceramente e, por favor, rápido! Tenho de ir com o Jonas tirar o gesso.

50 segundos depois

Fw:

Quando vejo um e-mail seu chegar, meu coração palpita. Isso é assim hoje, como ontem e há sete meses.

40 segundos depois

Re:

Apesar das palavras silenciosas e vazias? Isso é lindo!!!! Férias salvas! Adieu.

45 segundos depois

Fw:

Adieu.

Oito dias depois

Sem assunto

Olá, Leo,

estou num cibercafé no Porto. Vou escrever rapidinho pra que seu coração não pare de bater de tanto "não palpitar". Está tudo bem conosco: o menorzinho está com diarreia desde o início das férias, a maiorzinha se apaixonou por um instrutor de surfe português. Ainda faltam seis dias! Eu não vejo a hora!

P.S.: Não comece nada com Marlene!

Seis dias depois

Assunto: Olá!

Querido Leo,

cá estou eu de novo. Como foi a "pausa"? O que há de novo? Você me fez falta! Você não me escreveu. Por que não? Estou com medo de seu primeiro e-mail. Mais medo ainda de que você me deixe esperando. Pergunta: como vamos continuar com isso?

15 minutos depois

Fw:

Emmi, você não precisa ter medo do meu primeiro e-mail. Aqui está ele, e ele é completamente inofensivo.

1) De novo — não há nada.
2) A pausa foi — longa.
3) Não lhe escrevi porque — era uma pausa.
4) Senti falta de você — também! (Provavelmente mais do que você de mim. Você ao menos tinha de defender uma filha de 16 anos de um instrutor de surfe português. Como ficou essa história?)
5) Como vamos continuar? — Temos aí exatamente três possibilidades: continuar como foi até hoje. Parar. Nos encontrarmos.

Dois minutos depois

Re:

Quanto ao 4) Fiona vai emigrar pra Portugal e se casar com o instrutor de surfe. Ela voltou pra casa rapidinho somente pra pegar suas coisas. É o que ela acha.

Quanto ao 5) Eu sou a favor de nos encontrarmos!

Três minutos depois

Fw:

Ontem à noite sonhei intensamente com você, Emmi.

Dois minutos depois

Re:

Mesmo? Isso já aconteceu comigo também. Quero dizer que sonhei intensamente com você. O que você na verdade entende por "intensamente"? O sonho foi apenas de algum modo intenso ou também foi erótico?

35 segundos depois

Fw:

Sim, bem erótico!

45 segundos depois

Re:

Mesmo? Isso não combina nada com você.

Um minuto depois

Fw:

Eu também fiquei admirado.

30 segundos depois

Re:

E???? Detalhes, por favor! O que nós fizemos? Como eu estava? Como era o meu rosto?

Um minuto depois

Fw:

Eu não peguei muita coisa do rosto.

Um minuto e meio depois

Re:

Ei, Leo, você me surpreende! Provavelmente eu era a Emmi loura do café, com peitos grandes, para apalpar.

50 segundos depois

Fw:

Qual o seu problema com peitos grandes?

Dois minutos depois

Re:

Isso me admira tanto em você, Leo. Você não quer saber se eu tenho peitos grandes. Você quer saber se eu tenho um problema-com-peitos-grandes. Isso não é muito típico dos homens, e alguém poderia pensar que você tem uma síndrome-do-problema-dos-peitos-grandes em estado avançado.

Três minutos depois

Fw:

Emmi, pode me considerar assexuado, mas sejam eles grandes, pequenos, volumosos, finos, achatados, redondos, ovais ou angulosos — sejam como forem, de todo modo não me interessam peitos se eu não conheço o rosto. Pelo menos me falta o talento para — fora todo o resto que importa em uma mulher — ocupar-me do volume dos seios dela.

Um minuto depois

Re:

Ah, você está se contradizendo! Três e-mails atrás você falou sobre seu sonho supererótico, em que você aparentemente pôde ver tudo em mim que um homem poderia ver, fora somente o meu rosto. Vai me dizer que você não cruzou com meus seios?

55 segundos depois

Fw:

No sonho, eu não vi o rosto, os seios, nem nada mais que pertença a seu corpo. Eu apenas senti tudo.

Um minuto e meio depois

Re:

Se você não viu nada meu, como sabe então que era eu a mulher que você agarrou às cegas?

Um minuto depois

Fw:

Porque só tem uma que se expressa como você: Você!

Dois minutos e meio depois

Re:

A gente então conversou enquanto você me agarrava às cegas?

50 segundos depois

Fw:

Eu não agarrei você às cegas, Emmi, eu senti você, a diferença é grande. E nós também conversamos (entre outras coisas).

35 segundos depois

Re:

Altamente erótico!

Um minuto e meio depois

Fw:

Você não entende nada disso, Emmi. É óbvio que nessas situações você se imagina demais no lugar de "seus homens".

Dois minutos depois

Re:

De um lado estão “meus homens”, de outro *the one and only* Leo, aquele que está acima de qualquer peito. Com essa diferenciação nobre, nós nos desconectamos por hoje. Tenho que encerrar, ainda preciso resolver algumas coisas. Dou notícias amanhã.

Até breve,

Emmi

No dia seguinte

Assunto: Encontro

E aí, Leo, vamos nos encontrar? Tenho todo o tempo do mundo. Bernhard foi passear com as crianças por uma semana. Estou sozinha.

Cinco horas e meia depois

Re:

Ei, Leo, o gato comeu sua língua?

Cinco minutos depois

Fw:

Não, Emmi. Estou pensando sobre o assunto.

Dez minutos depois

Re:

Isso não pode significar nada que preste. Eu sei exatamente sobre o que você está pensando. Leo, por favor, vamos nos encontrar! Não vamos perder o que pode ser talvez a última oportunidade razoável pra isso. O que você arrisca com isso? O que você tem a perder?

Dois minutos depois

Fw:

1) Você.
2) A mim.
3) A nós.

17 minutos depois

Re:

Leo, você sofre de fobia de contato. Nós vamos nos ver, vamos gostar um do outro e vamos conversar como sempre conversamos, sendo que cara a cara. Nós vamos ser íntimos desde o primeiro minuto. Depois de uma hora, não vamos conseguir mais imaginar como seria nunca termos nos visto. Vamos nos sentar numa pequena mesa num restaurante italiano. Eu vou comer espaguete al pesto diante de seus olhos. (Pode ser também vôngole?) E vou virar minha cabeça, de modo a produzir uma lufada, e aí você vai sentir meu cheiro, Leo querido. Finalmente uma lufada verdadeira, física, aliviante, antivirtual!!!

Uma hora e meia depois

Fw:

Emmi, você não é Mia. Eu não havia criado expectativas em relação a ela — pelo contrário. Mia e eu, nós começamos do começo, como é costume quando a gente conhece alguém. Diferentemente de nós, Emmi: nós começamos na linha de chegada, e só há uma direção: a de volta. Nós caminhamos para a grande desilusão. Não podemos viver o que escrevemos. Não podemos substituir as muitas imagens que criamos um do outro. Será decepcionante se você não estiver à altura da Emmi que eu conheço. E você não estará! Você vai ficar deprimida se eu não corresponder ao Leo que você conhece. E eu não vou corresponder! Nós vamos sair desiludidos de nosso primeiro (e único) encontro, desanimados, como depois de uma refeição farta, de que não gostamos, sendo que esperamos famintos por ela durante um ano, e que a deixamos cozinhando em fogo baixo durante meses. E aí? Acabou. Terminada. Ingerida. Assim como se nada tivesse acontecido? Emmi, nós teremos então para sempre a imagem desmitificada, revelada, desencantada, desapontada, desvendada, um do outro, diante dos nossos olhos. Nós não vamos mais saber o que devemos escrever um pro outro. E em algum momento depois a gente vai se encontrar num café ou numa estação do metrô. Vamos tentar não reconhecer um ao outro, ou fingir que não nos vimos, vamos nos desviar rapidamente um do outro. Vamos nos envergonhar do que foi feito de nós dois, do que restou. Nada. Duas pessoas estranhas uma à outra, com um passado fictício em comum, com que eles deixaram se enganar sem pudor por tanto tempo.

Três minutos depois

Re:

E diariamente centenas de espécies animais entram em extinção.

Um minuto depois

Fw:

O que isso quer dizer?

55 segundos depois

Re:

Leo, você reclama, reclama, reclama, reclama, reclama. Vai dar errado, vai dar errado, vai dar errado, vai dar errado.

25 segundos depois

Fw:

Vai dar errado.

40 segundos depois

Re:

???

Um minuto e meio depois

Fw:

Vai dar errado. (Você esqueceu uma coisa: cinco vezes "reclama", cinco vezes "vai dar errado". Ou quatro vezes "reclama", quatro vezes "vai dar errado", então tava sobrando um "reclama".)

Dois minutos depois

Re:

Bem observado, belamente salientado. Típico do Leo, um pouco doentio e reprimido, mas, de uma maneira carinhosa, atenciosa e correta. E falando nisso eu gostaria de ver seus olhos, seus verdadeiros olhos! Boa noite. Sonhe comigo! E, quem sabe, dê ao menos uma olhada em mim!

Três minutos depois

Fw:

Boa noite, Emmi. Sinto muito, eu sou assim desse jeito, desse jeito, desse jeito, desse jeito, desse jeito, desse jeito, desse jeito.

Dois dias depois
Assunto: Encontro "light"
Boa tarde, Emmi. Você (ainda) se sente ofendida ou vamos tomar novamente hoje à noite algumas taças de vinho juntos?
No aguardo,
Leo

Uma hora e meia depois
Re:
Olá, Leo,
hoje à noite tenho um encontro "real" com Mia. Nós decidimos fazer "como nos velhos tempos" e terminar no último bar aberto, pra não dizer perder o limite. Isso quer dizer: vai rolar tranquilo até umas cinco da manhã.

16 minutos depois
Fw:
Tudo bem. É, isso faz parte, quando a família está fora de casa. Dê minhas lembranças a Mia. E boa noite.

Oito minutos depois
Re:
Esse é um dos poucos tipos de e-mail em que eu prefiro não saber de jeito nenhum como você é, pelo jeito que você escreve. (A propósito: você tem uma visão bastante conservadora das famílias, ou, pelo menos, da minha família. Pra ficar na rua até as cinco eu não preciso de jeito nenhum esperar para que estejam todos fora de casa. Posso fazer isso sempre que for conveniente pra mim.)

Três minutos depois
Fw:
E a mim você também poderia encontrar sempre que fosse conveniente pra você? Tanto faz se Bernhard estivesse com as crianças por duas semanas nas montanhas ou se estivesse em casa, no quarto ao lado (e a qualquer momento pudesse surgir para uma visita no seu quarto)?

20 minutos depois
Re:
LEO, ISSO FINALMENTE VEIO À TONA!!! Você poderia ter nos poupado de seu sermão sombrio de ontem sobre o nosso trágico primeiro encontro

destruidor de imagens. Afinal, não é esse o seu problema. Seu problema se chama Bernhard. Você é bom demais pra ser o segundo, depois dele. Você não quer me encontrar porque teoricamente não me pode "ter", pouco importa se você, na prática, de fato me quer ou não. Por e-mail você me tem completamente apenas para você, e dessa forma você lida comigo superbem, aí você pode, conforme sua vontade, alternar de distante para próximo e vice-versa. Não é verdade?

45 minutos depois

Fw:

Emmi, você não respondeu a minha pergunta. Você também iria (gostaria de) me encontrar se seu marido estivesse em casa no quarto ao lado? E (pergunta complementar): O que você diria a ele? Talvez: "Benzinho, hoje à noite eu vou encontrar um homem, com quem eu me correspondo há um ano, na maioria das vezes diariamente, repetidamente, do 'bom dia' ao 'boa noite'. Ele frequentemente é a primeira pessoa no dia a ter notícias minhas. Ele frequentemente é a última pessoa a quem eu comunico algo, antes de me deitar pra dormir. E durante a noite, quando eu não consigo adormecer, quando o vento norte sopra, eu não vou até você, querido. Não, eu escrevo um e-mail para esse homem. E ele escreve de volta pra mim. Afinal, esse sujeito funciona muito bem contra o vento norte na minha cabeça. O que a gente escreve um pro outro? Ah, só coisas pessoais, apenas sobre nós, como seria nós juntos, se eu não tivesse você e as crianças. É, como eu disse, hoje à noite vou encontrá-lo..."

Cinco minutos depois

Re:

Eu nunca digo "benzinho" pro meu marido.

50 segundos depois

Fw:

Oh, perdão, Emmi, você naturalmente fala: Bernhard. Soa mais respeitoso.

Quatro minutos depois

Re:

Leo, não seja mau, você tem uma visão lamentável de um casamento bem funcional. Sabe o que eu diria pro Bernhard, se eu quisesse encontrar você? Diria: "Bernhard, vou sair hoje à noite. Vou encontrar um amigo. Posso chegar tarde." E você sabe o que Bernhard responderia? "Divirta-se, conversem bastante!" E você sabe por que ele diria isso?

Um minuto depois
Fw:
Por que pra ele pouco importa o que você faz?

40 segundos depois
Re:
Porque ele confia em mim!

Um minuto depois
Fw:
Confia em relação a quê?

50 segundos depois
Re:
Que eu não vou fazer nada que ponha nossa convivência em perigo ou que algum dia faça isso.

Nove minutos depois
Fw:
Ah, tá, certo. Você se expõe somente em seu negligenciável "mundo lá fora". O mundo interior permanece intocado. Emmi, supondo-se que você se apaixone por mim, e eu, por você, supondo-se que nós tenhamos um romance, um affaire, um namoro... chame como quiser, Emmi, você também não vai fazer nada que coloque em perigo sua convivência com Bernhard, ou que algum dia possa colocar?

12 minutos depois
Re:
Leo, você parte de condições inválidas: eu não vou me apaixonar por você! Não vai acontecer um romance, um affaire, namoro, ou como quer que você queira chamar! É apenas um encontro. Como quando alguém encontra um bom e velho amigo, que não vê há muito tempo. Somente com a pequena diferença de que não faz tanto tempo que não nos vemos, mas sim que nunca nos vimos. Em vez de "Leo, você não mudou nada", eu direi: "Leo, então é assim que você é!". Parece que é isso!

Oito minutos depois

Fw:

Você quer dizer que ficaria satisfeita se somente EU me apaixonasse por VOCÊ, unilateralmente, por assim dizer. Então eu certamente passaria uma vida lhe escrevendo e-mails ardorosos, apaixonados, de cortar o coração. Em seguida, poemas, canções, talvez até mesmo musicais e óperas, cheios de uma paixão não correspondida. Então você poderia dizer a si mesma ou a Bernhard ou a ambos: "Sabe, foi bom que eu o tenha encontrado naquela vez."

40 segundos depois

Re:

Marlene deve ter aprontado alguma pra você!

Quatro minutos e meio depois

Fw:

Não mude de assunto, Emmi. Marlene desta vez não tem absolutamente nada a ver com essa questão. É efetivamente uma coisa entre nós dois, ou melhor, entre nós três. Afinal, seu marido também faz parte disso tudo, de alguma maneira, perifericamente. Algo contra o qual você ainda pode se opor obstinadamente. E eu simplesmente não acredito que seja apenas coincidência que você queira me encontrar justamente agora que seu marido está passeando nas montanhas.

Dois minutos depois

Re:

Não, não é coincidência. Eu simplesmente tenho mais tempo pra me divertir esta semana. Tempo que quero passar com pessoas de quem gosto. Tempo para amigos, ou aqueles que ainda podem vir a sê-lo. A propósito do tempo: já são quase oito horas. Tenho de ir, Mia já está esperando por mim.

Boa noite, Leo.

Cinco horas depois

Re: Leo?

Olá, Leo,

será que você ainda está acordado? Bebe ainda uma taça de vinho comigo? Leo, Leo, Leo. Eu não estou nada bem.

Emmi

13 minutos depois

Fw:

Sim, ainda estou acordado. Quer dizer: estou acordado de novo. Afinal, eu ativei o despertador-Emmi. Coloquei o barulhinho de aviso de nova mensagem no volume máximo e pus o laptop perto da minha cabeceira. Ele me tirou da cama agora mesmo.

Emmi, eu sabia que você iria me escrever ainda esta noite! Que horas são mesmo? Ah, pouco mais de meia-noite. Você e Mia não aguentaram tanto! (Eu não vou mais beber vinho. Já escovei os dentes. E vinho com pasta de dente é como sopa no café da manhã.)

Dois minutos depois

Re:

Leo, eu estou tããããããõooo feliz que você escreveu!!! Como assim você sabia que eu ainda iria escrever?

Sete minutos depois

Fw:

1) Porque você gosta de passar tempo com as pessoas de quem você gosta. Tempo com "amigos ou aqueles que ainda podem vir a sê-lo".
2) Porque você está sozinha em casa.
3) Porque você está se sentindo sozinha.
4) Porque o vento norte está soprando.

Dois minutos depois

Re:

Obrigada, Leo, por não estar zangado comigo. Ontem eu lhe escrevi e-mails terrivelmente pragmáticos. Você não é um amigo comum pra mim. Você significa muito, muito mais. Pra mim você é. Você é. Você é. Você é aquele que responde às questões que eu não fiz: sim, eu estou me sentindo sozinha, e por isso estou escrevendo pra você!

40 segundos depois

Fw:

E como foi lá com Mia?

Dois minutos e meio depois

Re:

Foi horrível! Ela não gosta do jeito que eu falo de Bernhard. Não gosta do jeito que eu falo da minha família. Não gosta do jeito que eu falo do meu casamento. Não gosta do jeito que eu falo dos meus e-mails. Não gosta do jeito que eu... falo do Leo. Não gosta do jeito que eu falo. Não gosta que eu fale. Não gosta de nada. Ela não gosta de mim.

Um minuto depois

Fw:

E por que você fala sobre essas coisas? Pensei que vocês queriam fazer uma turnê pelos bares, como nos velhos tempos.

Três minutos depois

Re:

Não se pode repetir os velhos tempos. Como o nome já diz, esses tempos são velhos. Novos tempos não podem nunca ser como os velhos tempos. Quando se tenta, eles parecem tão somente antigos e gastos, como aqueles pelos quais se suspira. Não se deve nunca lamentar o tempo que passou. Quem lamenta pelo tempo que passou está velho e de luto. Posso lhe revelar uma coisa? Eu não queria mais nada além de voltar pra casa — pro Leo.

50 segundos depois

Fw:

Isso é lindo, que por vezes você se sinta como voltando pra casa, pra mim!

Dois minutos depois

Re:

Leo, sinceramente, o que você acha de mim e de Bernhard, depois de tudo que você ouviu de mim e de Mia sobre isso? Por favor, seja bem sincero!

Quatro minutos depois

Fw:

Puxa! Isso é pergunta que se faça à meia-noite e meia? E: você não queria ao mesmo tempo continuar com a sua "vida interior" e se manter absolutamente distante de mim? Mas, tá bem, então: eu acho que você tem um casamento que funciona bem.

45 segundos depois

Re:

"Funciona bem". Isso não foi depreciativo? Isso é algo ruim? Por que todas as pessoas que importam me dizem que uma relação que "funciona bem" é uma relação ruim?

Seis minutos depois

Fw:

Emmi, isso não foi depreciativo. Se algo funciona bem, então não deve ser tão ruim, certo? Só é ruim quando não funciona bem. Daí a pessoa deveria se perguntar: por que não está funcionando mais tão bem? Ou ainda: será que ainda pode funcionar melhor? Mas, Emmi, acho que realmente sou a pessoa errada para discutir com você sobre Bernhard e seu casamento. Mia provavelmente também é a pessoa errada. Bernhard, sim, Bernhard seria a pessoa certa, eu acho.

13 minutos depois

Fw:

Ei, Emmi, você já pegou no sono?

35 segundos depois

Re:

Leo, eu gostaria de ouvir a sua voz.

25 segundos depois

Fw:

Como é que é?

40 segundos depois

Re:

Eu gostaria de ouvir a sua voz!

Três minutos depois

Fw:

É mesmo? Como você acha que ela é? Quer que eu prepare uma fita demo e mande pra você? O que você quer ouvir de mim? Basta uma amostra da minha voz, "vinte e um", "vinte e dois", "vinte e três"? Ou tenho de cantar uma música? (Quando eu por acaso acho o tom, daí ele não me escapa mais, e então não soa assim tão ruim.) Você poderia me acompanhar ao piano...

55 segundos depois

Re:

Agora! LEO, EU GOSTARIA DE OUVIR A SUA VOZ AGORA. Por favor, realize esse meu desejo. Ligue para mim. 83 17 433. Deixe um recado pra mim na secretária eletrônica. Por favor, por favor, por favor! Somente algumas palavras.

Um minuto depois

Fw:

E eu gostaria de ouvir como você diz essas frases que você escreve com letras maiúsculas em seus e-mails: Você as grita? Berra? Urra?

Dois minutos depois

Re:

Está ok, Leo, a sugestão é a seguinte: você telefona agora pra mim e deixa gravado um de seus e-mails. Por exemplo: "É mesmo? Como você acha que ela é? Quer que eu prepare uma fita demo e mande pra você? O que você quer ouvir de mim ..." E assim por diante. E depois eu ligo pra você e falo: "Agora! LEO, EU GOSTARIA DE OUVIR A SUA VOZ AGORA. Por favor, realize..." E por aí vai.

Três minutos depois

Fw:

Contraproposta: concordo, mas vamos deixar tudo isso pra amanhã. Primeiro tenho que me afinar novamente. Além disso, estou morto de cansaço. Sessão de secretária eletrônica hoje à noite, por volta das nove, com uma boa taça de vinho. Assim está ok?

Um minuto depois

Re:

Ok. Tenha uma boa noite de sono, Leo. Obrigada por estar aí. Obrigada por me acolher. Obrigada por existir. Obrigada!

45 segundos depois

Fw:

E agora vou empurrar o laptop pra fora da minha cama!

Boa noite.

No dia seguinte

Assunto: Nossas vozes

Olá, Emmi,

vamos adiante com aquela ideia então?

Três minutos depois

Re:

Mas é claro, já estou bastante ansiosa.

Dois minutos depois

Fw:

E se você não gostar da minha voz? E se você ficar chocada? Se pensar assim: então era assim, o tempo todo, a voz desse sujeito? (Saúde! Eu estou bebendo um vinho francês.)

Um minuto e meio depois

Re:

E quanto ao contrário? Se você não gostar da minha voz? Se soar pra você como unhas arranhando uma lousa? Se você depois não quiser falar comigo de jeito nenhum? (Tim-tim! Eu estou bebendo um "whiskey", se é que eu posso. Estou muito nervosa pra beber vinho.)

Dois minutos depois

Fw:

Vamos pegar os e-mails que acabaram de ser enviados. Está certo?

Três minutos depois

Re:

Mas esses são e-mails difíceis, compostos quase somente de perguntas. As perguntas são difíceis de dizer, quando se fala pela primeira vez com uma pessoa. Sobretudo para as mulheres. As mulheres são prejudicadas vocalmente pelas perguntas porque elas têm de subir a voz no fim, portanto são obrigadas a alcançar um registro ainda mais alto. E se elas ainda por cima estiverem nervosas, podem sair até uns cacarejos. Você entende o que eu quero dizer? Cacarejos soam ridículos.

Um minuto depois

Fw:

EMMI, VAMOS COMEÇAR AGORA! Eu falo primeiro. Cinco minutos depois, você fala. Quando tivermos terminado de falar, enviamos e-mails um ao outro. E SOMENTE DEPOIS é que vamos ouvir nossas gravações. Tudo certo?

30 segundos depois

Re:

Espere aí! Seu número de telefone, se é que eu posso pedir!

35 segundos depois

Fw:

Opa, perdão. 45 20 737. Bem, vou começar agora.

Nove minutos depois

Fw:

Já acabei. Agora é sua vez!

Sete minutos depois

Re:

Pronto! Quem vai ouvir quem primeiro?

50 segundos depois

Fw:

Os dois, ao mesmo tempo.

40 segundos depois

Re:

Ok, depois a gente se escreve.

14 minutos depois

Re:

Leo, por que você não escreve? Se a minha voz não lhe agrada, pode me dizer na cara (caixa de entrada). Acho que na escolha dos e-mails eu fui evidentemente prejudicada. O pigarro que se ouve em minha voz não vem de mim, mas do uísque. Se você não escrever imediatamente, vou virar a garrafa toda! E se eu tiver uma intoxicação alcoólica, você vai pagar os custos do hospital!

Dois minutos depois

Fw:

Emmi, eu estou sem voz. Quero dizer: estou surpreso. Eu havia imaginado algo completamente diferente. Diga-me: você realmente fala sempre assim? Ou você mudou sua voz?

45 segundos depois

Re:

Como é que eu falo?

Um minuto depois

Fw:

De um modo incrivelmente erótico! Como a apresentadora de um programa sobre sexo.

Sete minutos depois

Re:

Isso soa bem, eu aceito! Mas você também não fica atrás. Você fala de um modo mais atrevido, ousado, do que escreve. Você tem uma voz realmente rouca. Meu trecho preferido é: "Então era assim, o tempo todo, a voz desse tipo?" Acima de tudo as palavras "tipo" e "voz". Em "tipo", o mais legal era o "ti". Seu "ti" é realmente sensacional, não é um "tchi" nem um 'tí'. Não tinha um chiado ou coisa assim. As pessoas às vezes chiam demais, não é verdade? Em "voz" eu gosto de como você pronuncia o "oz". Aí você fala de um jeito realmente sexy, como que chamando para... tanto faz pra quê. De qualquer maneira, chamando pra algo que logo se aceita. "Oz", do jeito que você fala, poderia ser o nome de um comprimido pra potência sexual. Oz em vez de Viagra, de acordo com a recomendação acústica de Leo Leike. Isso soaria realmente bem.

Quatro minutos depois

Fw:

O que mais me deixa bobo é como você pronuncia "unhas", Emmi. Nunca ouvi alguém pronunciar "unhas" assim de modo tão encantador, suave, obscuro, claro, e nunca achei que você fosse capaz. Sem cantar, sem chiar. Uma forma realmente bela, macia, elegante, insinuante, leve. E "whiskey", sim, isso soa bastante nobre também. O "whis" soa como um sussurro no ouvido. O "key"... como a "key", a chave para o seu... hmmm... quarto. (Minha garrafa de vinho está terminando, dá pra perceber?)...

Um minuto depois

Re:

Leo, continue a beber! Eu adoro quando você bebe. Isso em combinação com a sua voz provoca algo em mim...

20 minutos depois

Re:

Leo, onde você está?

Dez minutos depois

Fw:

Um momento. Estou abrindo outra garrafa de vinho tinto. O vinho de mesa francês é muito bom, Emmi! A gente bebe muito pouco vinho francês. Se nós bebêssemos mais vinho francês, e com mais frequência, nós todos seríamos mais felizes e poderíamos dormir melhor. Você tem uma voz muito erótica, Emmi. Eu gosto da sua voz. Marlene também tinha uma voz erótica, mas diferente. Marlene é muito mais fria do que você, Emmi. A voz de Marlene é grave, mas fria. A voz de Emmi é grave e quente. E ela diz: whiskey, whiskey, whiskey. Vamos beber mais em nossa homenagem! Eu bebo vinho tinto francês. Emmi, eu vou ler todos os seus e-mails novamente, e eles vão soar completamente diferente. Até hoje, eu sempre li seus e-mails com a voz errada. Eu sempre os li com a voz de Marlene. Emmi era Marlene pra mim, Marlene bem lá no começo, quando tudo ainda estava em aberto. Era apenas amor e fora isso mais nada. Tudo era possível. Você está bem, Emmi?

Cinco minutos depois

Re:

Ah, não! Leo, você precisa beber assim tão rápido? Será que você não consegue segurar mais um pouco? Se você já estiver batendo a cabeça no teclado: boa noite, meu querido. É sempre ótimo conversar com você. Ótimo, mas de vez em quando — por sinal sempre que está ficando animado — sem dúvida (por conta do álcool) muito breve. Bem, ao menos eu tenho a secretária eletrônica. Antes de ir dormir eu vou ouvir novamente o Leo "Então era assim, o tempo todo, a voz desse tipo?" Leike. Isso certamente é bom contra o vento norte.

12 minutos depois

Fw:

Emmi, não vá dormir ainda! Ainda estou acordado, estou bem. Emmi, venha até aqui! Vamos beber mais. Você me sussurra "whiskey, whiskey, whiskey" no ouvido. Você diz: "unhas". Fique mais um tempo. Eu digo: Então esses são os famosos dedos-da-Emmi dos famosos pés-da-Emmi com o famoso tamanho-37-da-Emmi. Eu prometo: só vou colocar a mão sobre seu ombro. Só um abraço. Somente um beijo. Somente alguns beijos e nada mais. Beijos completamente inofensivos. Emmi, eu preciso saber como é o seu cheiro. Eu tenho a sua voz em meus ouvidos, agora eu preciso de seu cheiro em minhas narinas. Sério, Emmi: venha até aqui. Eu pago o táxi. Não, você não quer que eu faça isso. Tanto faz, alguém vai pagar o táxi. Hochleitnergasse 17, apartamento 15. Venha até aqui! Ou eu devo ir até aí? Eu também vou aí! Só quero sentir seu cheiro. Só beijá-la. Sem sexo. Você é casada, infelizmente! Sem sexo, eu prometo. Bernhard, eu juro! Eu só quero cheirar a sua pele, Emmi. Não quero saber qual é a sua aparência. Nós não acenderemos as luzes. Completamente no escuro. Somente alguns beijos, Emmi. Isso é ruim? Isso é traição? O que é traição? Um e-mail? Ou uma voz? Ou um cheiro? Ou um beijo? Eu gostaria de estar agora com você. De estar abraçado com você. De passar somente uma noite com Emmi. Eu fico de olhos fechados. Eu não preciso saber como você é. Eu só preciso cheirar você e beijar e sentir, bem de perto. Eu estou rindo de felicidade. Isso é traição, Emmi?

Cinco minutos depois

Re:

"Então era assim, o tempo todo, a voz desse sujeito?" Boa noite, Leo. É bom demais estar com você. É assustadoramente bom. Incrivelmente bom!!! Eu poderia facilmente me acostumar a isso. Eu me acostumei.

Capítulo 8

Na manhã seguinte

Sem assunto

Bom dia, Leo. Má notícia. Tenho de viajar pro sul do Tirol. Bernhard está no hospital. Teve uma insolação ou algo parecido, dizem os médicos. Tenho de viajar pra lá para pegar as crianças. Estou com dor de cabeça. (Muito whiskey?) Obrigada pela bela noite. Eu também não sei o que é "traição". Sei apenas que preciso de você, Leo, com muita, muita urgência. E a minha família precisa de mim. Eu vou agora. Amanhã dou notícias de novo. Espero que você esteja bem depois de todo aquele vinho francês...

No dia seguinte

Assunto: Tudo ok

Nenhum e-mail do Leo? Eu queria somente dizer: estamos de volta. Bernhard também veio conosco. Foi um problema de pressão arterial, mas ele já está bem de novo. Dê notícias, Leo, por favor!!!

Duas horas depois

Assunto: Para o Sr. Leike

Prezado Sr. Leike,

me custa muito escrever para o senhor. Confesso que me envergonha fazê-lo e, a cada linha, o constrangimento que me aflige fica cada vez maior. Eu sou Bernhard Rothner e acho que não preciso me apresentar com mais detalhes. Sr. Leike, eu me dirijo ao senhor com um grande pedido. O senhor vai ficar surpreso ou chocado quando eu lhe fizer esse pedido. Em seguida, vou tentar lhe esclarecer os motivos para tanto. Não sou nenhum grande escritor, infelizmente. Mas vou me esforçar para exprimir nesta forma, que me é tão insólita, tudo aquilo que há meses me preocupa, que aos poucos tirou minha vida dos trilhos, minha vida e da minha família, sim, também a vida de minha mulher, algo que posso avaliar corretamente, após todos os anos de nosso harmonioso casamento.

E aí vai o pedido: Sr. Leike, encontre-se com minha mulher! Por favor, faça isso de uma vez, de modo que termine essa assombração! Nós somos pessoas adultas, não tenho que lhe dizer mais nada. Só posso lhe pedir encarecidamente: Encontre-se com ela! Eu estou sofrendo com a minha inferioridade e fraqueza. Sabe como é humilhante para mim formular essas linhas? O senhor, por sua vez, não tem o mínimo constrangimento, Sr. Leike, o senhor não tem por que se recriminar. Sim, e eu, eu também não tenho por que lhe recriminar, infelizmente, infelizmente eu não tenho. Não se pode recriminar um fantasma. O senhor não é palpável, Sr. Leike, não é tangível, o senhor não é real, o senhor é apenas uma imagem fantasmagórica da minha mulher, uma ilusão de felicidade sem fim, de delírio etéreo, de amor utópico, feita de letras. Sou impotente contra isso, só posso esperar até que o destino seja misericordioso e faça do senhor uma pessoa de carne e osso, um homem com contornos, com pontos fortes e fracos, com vulnerabilidades. Somente quando minha mulher puder vê-lo assim, como ela me vê, alguém vulnerável, uma criatura imperfeita, um exemplar das deficiências humanas, somente quando ela lhe encarar frente a frente, a sua superioridade vai se dissipar. Somente aí eu terei a chance de ficar à sua altura, Sr. Leike. Somente aí poderei lutar pela Emma.

"Leo, não me force a abrir o meu álbum de família", minha mulher escreveu para o senhor uma vez. Agora eu, em vez dela, é que me sinto forçado a fazê-lo. Quando nos conhecemos, Emma tinha 23 anos, eu era professor de piano da Academia de Música, 14 anos mais velho do que ela, bem casado, pai de duas crianças adoráveis. Um acidente de trânsito deixou nossa família em ruínas, o menino de 3 anos ficou traumatizado, a menina, bem machucada, eu também fiquei com sequelas permanentes, a mãe dos meus filhos, minha mulher Joanna: morta. Se não tivesse o piano, eu teria ficado destroçado por conta disso. Mas música é vida, enquanto ela soar, nada morre para sempre. Quando se é músico e se toca, vivem-se as lembranças como se elas fossem acontecimentos. Consegui me reerguer por causa dela. E também havia meus alunos e alunas, era uma forma de distração, uma tarefa, um sentido. Sim, e de repente lá estava ela — Emma. Essa mulher jovem, cheia de vida, espirituosa, sapeca, linda, começou a juntar nossos caquinhos, por opção sua, sem nada prometer ou esperar qualquer coisa disso. Pessoas assim extraordinárias são colocadas no mundo para lutar contra a tristeza. Há pouquíssimas delas. Eu não sei como pude merecer: mas de repente ela estava ao meu lado. As crianças correram para ela. E eu também me apaixonei perdidamente.

E ela? Sr. Leike, agora o senhor vai se perguntar: Sim, e Emma? Ela, a estudante de 23 anos, será que ela se apaixonou na mesma medida, justamente por esse Cavaleiro da Triste Figura de quase 40 anos, que na época só tinha seus tons e suas teclas? Essa pergunta eu não consigo responder ao senhor nem a mim mesmo. O quanto disso foi somente por admiração à minha música (à época, eu fazia realmente sucesso, era um pianista consagrado)? Quanto daquilo era pena, solidariedade, vontade de ajudar e a capacidade de estar presente nas horas mais difíceis? O quanto eu a fazia se lembrar do pai, que a havia deixado muito cedo? Em que medida ela havia ficado louca pela doce Fiona ou pela gracinha do pequeno Jonas? O quanto daquilo era a minha própria euforia, que se refletia nela, em que medida ela amava apenas o meu amor desenfreado por ela, e não a mim mesmo? Em que medida ela usufruía da certeza de que eu nunca a decepcionaria por conta de outra mulher, usufruía da minha integridade, minha fidelidade eterna, com que ela poderia sempre contar? Acredite, Sr. Leike, eu nunca ousaria me aproximar dela se não houvesse percebido que ela possuía um monte de sentimentos fortes em relação a mim, como eu em relação a ela. Ela se sentia ligada a mim e às crianças de uma forma ilimitada, queria ser parte de nosso mundo, uma parte importante, uma parte decisiva, uma peça central. Dois anos depois, nós nos casamos. Agora já são oito anos. (Perdoe-me, eu estraguei aqui o seu jogo de esconde-esconde, revelei milhares de segredos: a "Emmi" que o senhor conhece tem 34 anos.) Não passei um dia sem me admirar por ter essa jovem beleza vital ao meu lado. E todos os dias esperei, com temor, que isso fosse "acontecer", que aparecesse um cara mais jovem, um de seus inúmeros admiradores e adoradores. E Emma diria: "Bernhard, eu me apaixonei por outro homem. Como é que vai ser agora com a gente?" Esse trauma passou. Agora um bem pior se estabeleceu. O senhor, Sr. Leike, o tranquilo "mundo lá fora". Ilusões de amor por e-mail, um crescendo constante de sentimentos, uma saudade crescente, uma paixão inquieta, tudo isso direcionado para um alvo apenas aparentemente real, um grande objetivo, que sempre é adiado. O encontro de todos os encontros, que nunca vai acontecer, porque isso iria além das dimensões da felicidade terrena, a realização plena, sem fim, sem data de vencimento, e que só se pode vivenciar na cabeça. Contra algo assim, eu sou impotente.

Sr. Leike, desde que o senhor "existe", Emma se transformou. Ela vive distraída e distante de mim. Fica horas em seu quarto e olha para o computador, para o cosmos de seu idílio. Ela vive em seu "mundo lá fora", ela vive com ele. Se ela sorri radiante, já faz tempo que não é por minha causa. Com muito esforço ela consegue esconder das crianças a sua distração. Eu percebo como ficar muito tempo comigo a deixa aflita. O senhor sabe como isso dói? Tentei superar essa fase com muita tolerância. Emma não deveria jamais se sentir enclausurada por mim. Nunca houve ciúme entre nós. Mas de repente eu não sabia mais em que frente eu poderia atacar. Não havia nada ou ninguém, nenhuma pessoa de verdade, nenhum problema real, nenhum corpo estranho visível até que descobri a raiz de tudo. Eu poderia me enterrar no chão de vergonha por ter ido tão longe: eu espionei o quarto de Emma. E numa gaveta escondida encontrei finalmente uma pasta, uma pasta grossa, cheia de papéis escritos: toda a correspondência por e-mail dela com certo Leo Leike, tudo impresso direitinho, página por página, mensagem por mensagem. Com as mãos tremendo, copiei esses papéis e consegui deixá-los de lado por algumas semanas. Nós havíamos tido férias terríveis em Portugal. O mais novo ficou doente, a menina se apaixonou perdidamente por um instrutor de esporte. Minha mulher e eu ficamos calados por duas semanas, mas cada um de nós tentava demonstrar que estava tudo em ordem, como sempre esteve, como sempre devia estar, como mandam os costumes. Depois não consegui mais suportar. Levei a pasta quando viajei para passear com as crianças — e num ataque de autodestruição e masoquismo li todos os e-mails numa noite. Desde a morte da minha primeira mulher eu não havia passado por um tormento tão grande, pode acreditar. Quando terminei a leitura, não consegui mais levantar da cama. Minha filha chamou a emergência e me levaram para o hospital. Minha mulher me trouxe de lá para casa anteontem. Agora o senhor sabe a história toda.

Sr. Leike, por favor, encontre-se com Emma! Eu agora cheguei ao cúmulo da humilhação: sim, encontre-se com ela, passe uma noite com ela, faça sexo com ela! Eu sei que vocês querem. Eu "permito" isso a vocês. O senhor tem carta branca, eu lhe poupo aqui de quaisquer escrúpulos, não encaro isso como traição. Percebo que Emma não procura apenas a proximidade mental com o senhor, mas também a física, ela quer "conhecer", acredita que precisa disso, ela anseia por isso. É um desejo irresistível da novidade, da mudança, que eu não posso oferecer a ela. Tantos homens admiraram e adoraram Emma, aparentemente ela nunca se sentiu atraída sexualmente por nenhum deles. E aí eu vejo os e-mails que ela lhe escreveu. E de repente percebo quão grande seu desejo pode ser, quando ele é provocado pela "pessoa certa". O senhor, Sr. Leike, é o escolhido dela. E eu quase que desejo isto a mim mesmo: Faça sexo com ela. UMA VEZ (optei por enfáticas letras maiúsculas, como minha mulher faz.) UMA VEZ, SOMENTE UMA VEZ! Permita que seja esse o fim de sua paixão construída com palavras. Fixe aí o ponto final. Coroe a sua correspondência por e-mail — e dê um basta a ela em seguida. Devolva a minha mulher, seu extraterrestre, seu intangível. Traga ela de volta ao chão. Deixe que nossa família continue a existir. Não faça isso como um favor a mim ou às minhas crianças. Faça isso por Emma, pelo bem dela. Eu peço ao senhor!

Estou chegando ao fim do meu constrangedor e torturante pedido de ajuda, do meu terrível pedido de clemência. Mais um pedido para concluir, Sr. Leike. Não me entregue. Deixe-me fora de sua história. Eu quebrei a confiança de Emma, eu a enganei, li a correspondência íntima e privada dela. Já paguei por isso. Eu não poderia mais olhar em seus olhos se ela soubesse da minha espionagem. Ela não poderia mais olhar em meus olhos se soubesse que eu li.

Ela odiaria a si e a mim na mesma medida. Por favor, Sr. Leike, poupe-nos disso. Mantenha em segredo esta carta. E mais uma vez: eu peço ao senhor!

E agora eu lhe enviarei a carta mais horrível que escrevi na vida.

Respeitosamente,

Bernhard Rothner

Quatro horas depois

Fw:

Prezado sr. Rothner,

recebi seu e-mail. Não sei o que dizer a respeito. Nem mesmo sei se devo dizer algo. Estou perplexo. O senhor não só se humilhou, mas envergonhou a nós três. Tenho de refletir a respeito. Vou me afastar por um tempo. Não posso prometer nada ao senhor, absolutamente nada.

Meus cumprimentos,

Leo Leike

No dia seguinte

Assunto: Leo???

Leo,

por onde você anda? Escuto sua voz sem parar. Sempre as mesmas palavras: "Então era assim, o tempo todo, a voz desse cara?" Agora eu sei exatamente como ele fala, aquele cara. Porém, ele não fala há dias. Você naquela noite tomou muito vinho francês? Você se lembra? Você me convidou pra ir à Hochleitnergasse 17, apartamento 15. "Só pra sentir seu cheiro", você escreveu. Você não tem ideia de como cheguei perto de ir. Perto como nunca. Penso em você noite e dia. Por que você não dá notícias? Será que devo me preocupar?

No dia seguinte

Assunto: Leo???????

Leo,

o que está acontecendo? Por favor, me escreva!!

Emmi

Meia hora depois

Assunto: Para o sr. Rothner

Prezado sr. Rothner,

proponho ao senhor um pequeno acordo. O senhor tem de prometer uma coisa. E eu lhe prometo uma compensação. Bem: eu prometo ao senhor que não vou contar a sua mulher nada sobre seu e-mail nem o que está por trás dele. E o senhor tem de me prometer que não vai ler NUNCA MAIS NEM UM ÚNICO E-MAIL de sua mulher pra mim, ou meu pra ela. Confio que o senhor não irá quebrar a promessa, se a fizer. E o senhor, por sua vez, pode ficar certo de que vou manter a minha palavra. Se estiver de acordo, escreva: sim. Caso contrário contarei tudo à sua mulher.

Saudações,

Leo Leike

Duas horas depois

Re:

Sim, Sr. Leike, eu posso lhe prometer isso. Não vou ler qualquer e-mail que não for endereçado a mim. Já li muita coisa proibida. Permita-me uma pergunta: o senhor vai encontrar a minha mulher?

Dez minutos depois

Fw:

Sr. Rothner,

isso eu não posso responder. E mesmo que pudesse, não o faria. Em minha opinião, com o seu e-mail para mim, o senhor cometeu um erro catastrófico, sintomático de uma omissão grosseira e que provavelmente já dura anos em seu casamento. O senhor se dirigiu à pessoa errada. Tudo que o senhor me contou deveria ter contado a sua mulher, e por sinal muito antes, desde o começo. Eu recomendaria ao senhor que fizesse isso urgentemente. Recupere o tempo perdido! De resto, eu lhe pediria que não me mandasse mais e-mails. Acho que tudo já foi dito, tudo que o senhor achava que deveria me dizer. Já foi além da conta.

Saudações cordiais,

Leo Leike

15 minutos depois

Fw:

Olá, Emmi,

acabo de voltar de uma viagem a trabalho a Colônia. Sinto muito, lá foi muito tumultuado, não tive sequer um minuto para lhe escrever com calma. Espero que todos estejam bem de saúde em sua família. Vou aproveitar o bom tempo e viajar por alguns dias, para algum lugar qualquer no sul, onde ninguém possa me achar. Acho que preciso disso, estou me sentindo bastante cansado. Quando voltar, eu escrevo novamente. Espero que você tenha agradáveis dias de verão — de preferência sem braços machucados.

Com todo o carinho,

Leo

Cinco minutos depois

Re:

Como ela se chama?

Dez minutos depois

Fw:

Como se chama quem?

Quatro minutos depois

Re:

Leo! Por favor, não ofenda a minha inteligência e meu faro-pro-Leo. Quando você se gaba de viagens a trabalho tumultuadas e de aproveitar o tempo bom, reclama do cansaço, fala que não quer ser achado, e me ameaça com votos de agradáveis dias de verão, então pra mim só pode ser isto: ALGUÉM! Como ela se chama? Não é a... Marlene?

Oito minutos depois

Fw:

Não, Emmi, você está enganada. Não tem Marlene nem ninguém. Eu preciso apenas me retirar um pouco. As últimas semanas e os últimos meses me esgotaram. Preciso me recuperar.

Um minuto depois

Re:

Recuperar-se de mim?

Cinco minutos depois

Fw:

Recuperar-me de mim! Darei notícias em alguns dias. Prometo!

Três dias depois

Assunto: Leo faz falta!

Olá, Leo,

sou eu. Eu sei que você não está aí, você agora está se recuperando de si mesmo. Como se faz isso mesmo? Eu gostaria de poder fazer isso também. Preciso urgentemente me recuperar de mim mesma. Em vez disso, estou lidando comigo mesma e ficando esgotada com isso. Leo, preciso lhe confessar algo. Quer dizer: é óbvio que não devo, também não é bom que eu o faça, mas simplesmente preciso fazê-lo. Leo: eu não estou feliz no momento. E você sabe por quê? (Você provavelmente não quer saber de jeito algum, mas não tem chance alguma, sinto muito.) Eu não estou feliz — sem você. Os e-mails do Leo fazem parte da minha felicidade. Os e-mails do Leo fazem falta à minha felicidade. Para meu azar, agora mesmo esses e-mails têm feito muita falta à minha felicidade. Desde que conheci sua voz, eles fazem três vezes mais falta.

Passei a noite de ontem e algumas horas da madrugada com Mia. Foi o primeiro encontro legal com ela depois de muitos anos. E você sabe por quê? (É muito infame, eu sei, mas você tem de ouvir isso agora.) O encontro foi legal porque eu finalmente estava infeliz. Mia diz que eu no fundo estava como sempre, apenas eu admiti dessa vez, diante dela e de mim mesma. Ela me agradeceu por isso. Soa triste, né?

Mia afirma que de uma maneira estranha, a saber, por escrito, me apaixonei por você, Leo. Ela acha que eu atualmente quase não posso viver sem você, ao menos não de uma maneira feliz. E ela diz que ela até entende. Isso não é terrível? O caso é que amo, meu marido, Leo. Sinceramente. Eu o escolhi, ele e seus filhos. Eu queria essa família e nenhuma outra, até hoje. Na época as circunstâncias eram trágicas, um dia desses eu lhe conto. (Você está se dando conta de que estou falando sobre minha família por conta própria?) Bernhard nunca me decepcionou e não me decepcionaria. Nunca, nunca, nunca! Ele me dá completa liberdade, realiza todos os meus desejos. Ele é um homem tão educado, altruísta, tranquilo, agradável. É claro que com o tempo o dia a dia sufoca. As rotinas são estabelecidas, faltam surpresas. Nós nos conhecemos de cor, não há mais mistérios. "Talvez lhe falte apenas o mistério. Talvez você tenha se apaixonado por um mistério palpitante", diz Mia. "O que eu devo fazer?", digo. "Eu não posso de repente fazer de Bernhard um mistério palpitante." Leo, o que você me diz: posso transformar Bernhard num mistério palpitante? Pode-se transformar oito anos de convivência familiar num mistério palpitante?

Ah, Leo, Leo, Leo. Está tudo tão difícil pra mim nesse momento. Eu não estou de bom humor. Falta-me disposição. Falta-me vontade pra qualquer coisa. Falta-me Leo, o único. Eu não sei pra onde isso vai levar. Não quero saber de jeito nenhum. Pra mim tanto faz. O importante é que você me escreva logo de novo. Por favor, se apresse com sua recuperação-de-si-mesmo. Quero beber vinho de novo com você. Quero que você queira me beijar de novo. (Essa frase está clara?) Eu não preciso de beijos de verdade. Preciso daquele que em algumas situações quer me beijar urgentemente, sem falta, imediatamente, de modo que não consegue escrever outra coisa a não ser isso. Eu preciso do Leo. Estou me sentindo tão sozinha com minha garrafa de uísque. Bebi tanto uísque, Leo. Você percebeu? Como seria por acaso a vida com você? Por quanto tempo você iria querer me beijar urgentemente, sem falta, imediatamente? Por semanas, meses, anos, pra sempre? Eu sei que não devo pensar assim. Sou feliz no casamento. Mas me sinto infeliz nele. Isso é, eu acho, uma contradição. A contradição é você, Leo. Obrigada por ter me ouvido. Eu ainda vou beber um uísque. Boa noite, Leo, você me faz tanta falta... Eu beijaria você até mesmo às cegas. Sim, eu faria isso. Agora mesmo.

Dois dias depois

Assunto: Nenhuma palavra

Trinta graus e nenhuma palavra daquele-que-se-recupera-de-si-mesmo. Eu sei, a mensagem de anteontem estava mesmo além do limite. Foi pedir muito de você, Leo? Acredite em mim, foi o uísque! O uísque e eu. Eu e o que está dentro de mim. O uísque e o que ele tirou lá de dentro.

Com saudades,

Emmi

No dia seguinte

Sem assunto

Vento sul... contudo eu estou fritando na cama. Uma única sílaba sua e eu adormeceria imediatamente.

Boa noite, meu querido aquele-que-se-recupera-de-si-mesmo.

Dois dias depois

Assunto: Meu último e-mail

Minha última mensagem não teve uma resposta! Leo, é realmente cruel isso que você está fazendo! Por favor, pare com isso, dói como o diabo. Tudo é permitido, tudo menos o silêncio.

No dia seguinte

Assunto: E-mail de resposta

Querida Emmi,

precisei apenas de algumas horas para tomar uma decisão que vai mudar minha vida. Mas precisei de nove dias para lhe comunicar as consequências. Emmi, vou me mudar em poucas semanas para Boston, para passar no mínimo dois anos. Vou dirigir um projeto com uma equipe na universidade de lá. O emprego é extremamente atraente tanto do ponto de vista científico como do financeiro. As circunstâncias da minha vida me permitem ser assim tão espontâneo. Há poucas coisas de que tenho de abrir mão aqui. Aparentemente mudar-se de continente em algum momento tem a ver com minha família. Alguns amigos próximos vão me fazer falta. Minha irmã Adrienne vai me fazer falta. E vai me fazer falta: Emmi. Sim, ela vai me fazer falta de um modo bem especial.

Eu ainda tomei uma segunda decisão. Ela soa tão difícil que meus dedos tremem enquanto a comunico a você, logo depois dos dois pontos: estou encerrando nosso contato por e-mail. Emmi, preciso tirar você da minha cabeça. Você não pode ser meu primeiro e meu último pensamento do dia até o fim da minha vida. Isso é doentio. Você "tem dono", você tem família, você tem tarefas, desafios, responsabilidades. Você está muito ligada a elas, esse é o mundo em que você é feliz, isso você me deixou bem claro. (Com doses altas de saudades-com-uísque, a gente fala sobre se sentir infeliz, como você o fez em seu último e longo e-mail, mas isso tudo passa o mais tardar ao acordar no outro dia.) Estou convencido de que seu marido ama você, como só se pode amar uma mulher após tantos anos de convivência. Você deve sentir falta apenas de uma pequena aventura extraconjugal, só na sua cabeça, um pouco de maquiagem para a "cara limpa" do seu dia a dia. Daí surgiu essa sua afeição por mim. É aí que se sustenta nossa relação-por-escrito. A longo prazo, essa relação talvez seja mais confusa do que graficamente.

Agora quanto a mim: Emmi, tenho 36 anos (bem, agora você sabe). Não pretendo manter contato a vida toda com uma mulher que só está livre pra mim por e-mail. Boston me dá a oportunidade de recomeçar. Eu de repente tenho novamente vontade de conhecer uma mulher de uma maneira podre de conservadora: primeiramente eu a vejo, daí ouço a sua voz, então sinto seu cheiro, depois talvez eu a beije. E em algum momento posteriormente eu por caso escrevo um e-mail para ela. O caminho inverso, que nós trilhamos, foi e é incrivelmente excitante, mas não leva a lugar algum. Preciso tirar um bloqueio da minha cabeça. Durante meses eu vi Emmi em cada mulher bonita que passou por mim na rua. Mas nenhuma delas podia se equiparar à verdadeira, nenhuma podia competir com ela, pois a verdadeira eu tinha longe de qualquer lugar público, isolada da sociedade, separada, somente pra mim, no computador. Lá, ela me apanhava no trabalho. Lá, ela esperava por mim antes ou depois do café da manhã. Lá, ela me dava boa noite depois de um longo dia. Muitas vezes, ela ficava comigo até o amanhecer, no quarto, na cama, enfiava-se comigo sob o cobertor. Mas no fim das contas ela ficava inalcançável, intangível pra mim. Sua imagem era tão delicada e quebradiça, que ela não poderia suportar meu olhar real sobre ela, sem logo ficar com rachaduras e sulcos. Essa Emmi artificial me parecia tão frágil que viraria ruínas se eu a tocasse de verdade. Fisicamente, ela não era mais do que o ar entre as teclas com as quais eu a invocava dia a dia. Bastaria assoprar — e ela desapareceria. Sim, Emmi, pra mim acabou, vou fechar a minha caixa de entrada, vou assoprar o teclado, vou sair da tela. Vou me despedir de você.

Leo

No dia seguinte

Assunto: Por que uma despedida assim?

Aquele foi seu último e-mail? Isso não existe! Eu desconheço aqui seu último e-mail. Leo, olá! Não vou esperar por uma brilhante performance humorística, se o que você quer é sair de fininho. Mas o que foi aquela farsa trágica amarga? Que espécie de despedida foi aquilo? Como posso imaginar sua cara quando você assoprou melodramaticamente nas teclas? Sim, ok, eu me descuidei um pouco nos últimos tempos. Também comecei a falar sem parar. Meu temperamento, que em geral é um peso-mosca, às vezes estava pesado como um saco de concreto. Sim, saí por aí carregando nosso imenso pacote de correio eletrônico. Eu me apaixonei um pouquinho pelo Mister Anônimo, isso lá é verdade. Nós dois não conseguimos mais tirar um da cabeça do outro, aí nenhum deve nada ao outro. O que é um motivo para nos tornarmos agora uma espécie de Tristão e Isolda virtuais.

Quer viajar pra Boston, então viaje. Quer interromper contato comigo por e-mail, então interrompa. Mas não interrompa ASSIM! Isso é, tanto do ponto de vista da escrita quanto do emocional, abaixo de seu nível, e abaixo da minha dignidade, caro amigo. Assoprar nas teclas, por favor, Leooooo! Que kitsch! Só posso pensar assim: "Então era assim, o tempo todo, a voz desse cara?"

Por favor, prove para mim que esse não foi o último e-mail que você me escreveu. Para terminarmos, quero algo positivo, surpreendente, uma partida grandiosa, com graça. Diga-me, por exemplo: "E por fim eu sugiro a você que nos encontremos!" Isso seria ao menos um fim engraçado. (Bem, agora eu vou ali me esgoelar de chorar, se você me permite.)

Cinco horas depois
Fw:
Querida Emmi, e por fim eu sugiro a você que a gente se encontre!

Cinco minutos depois
Re:
Você não está falando sério.

Um minuto depois
Fw:
Sim. Eu não brincaria com isso, Emmi.

Dois minutos depois
Re:
O que eu devo esperar disso, Leo? É uma brincadeira? Eu lhe dei uma contrassenha? Converti você de melodramático num satírico com as minhas palavras?

Três minutos depois
Fw:
Não, Emmi, não é nenhuma brincadeira, isso é um propósito muito bem pensado. Você apenas se antecedeu a mim. Portanto, mais uma vez: Emmi, eu gostaria de terminar nossa relação-por-e-mail com um encontro. Deve ser um encontro único, antes de eu me mudar para Boston.

50 segundos depois
Re:
Encontro único? O que você promete em relação a ele?

Três minutos depois
Fw:
Conhecimento. Alívio. Relaxamento. Clareza. Amizade. A resolução de um enigma escrito por aqui, mas, no entanto, indescritivelmente superdimensionado. Uma sensação boa depois. A melhor receita contra o vento norte. Um término digno de uma excitante fase de vida. A resposta simples para milhares

de perguntas complicadas ainda em aberto. Ou, como você mesma disse: "Pelo menos um fim engraçado."

Cinco minutos depois
Re:
Talvez, no entanto, não seja nem um pouco engraçado.

45 segundos depois
Fw:
Isso depende de nós dois.

Dois minutos depois
Re:
De nós dois? No momento, você está bem sozinho nessa, Leo. Eu ainda não disse de jeito nenhum "sim" a nosso encontro de última hora e estou, pra ser sincera, no momento, bem distante de fazê-lo. Primeiro, eu gostaria de saber mais sobre o encontro "the-first-date-must-be-the-last-date"? Onde você quer me encontrar?

55 segundos depois
Fw:
Onde você quiser, Emmi.

45 segundos depois
Re:
E o que nós vamos fazer?

40 segundos depois
Fw:
O que quisermos.

35 segundos depois
Re:
O que é que nós queremos?

30 segundos depois
Fw:
Vamos saber na hora.

Três minutos depois
Re:
Eu acho que prefiro e-mails de Boston. Aí não temos de esperar pra saber quem de nós quer o quê. Eu pelo menos já sei que quero algo e o que eu quero: justamente os e-mails de Boston.

Um minuto depois
Fw:
Emmi, eu não vou escrever pra você de Boston. Eu gostaria de parar com isso, sinceramente. Estou convencido de que isso será bom pra nós dois.

50 segundos depois
Re:
E por quanto tempo você ainda acha que vai me escrever?

Dois minutos depois
Fw:
Até o nosso encontro. A menos que você diga que definitivamente não quer me encontrar. Então isso seria praticamente um ponto final.

Um minuto depois
Re:
Isso é uma chantagem, mestre Leo! Além disso, o jeito que você escreve é bastante rude, leia seu último e-mail. Eu não acho que queira encontrar um cara que fala assim.
Boa noite.

Na manhã seguinte
Sem assunto
Bom dia, Leo.
Eu com certeza NÃO vou me encontrar com você no Café Huber!

Uma hora depois
Fw:
A gente também não precisa. Mas por que não?

Um minuto depois

Re:

Lá se encontram colegas de trabalho ou pessoas que se conhecem por acaso.

Dois minutos depois

Fw:

Praticamente não se pode ser "conhecido" de modo mais "por acaso" do que nós dois.

50 segundos depois

Re:

É com essa opinião que você manteve nosso contato, e quer acabar com tudo agora? Então é melhor deixarmos de lado nosso encontro "por acaso" e "único".

No dia seguinte

Sem assunto

Leo, o que é que está realmente errado com você? Por que você escreve assim de repente tão grosseira e destrutivamente? Por que você põe nossa história assim tão pra baixo? Você está se esforçando especialmente para ser insensível e mau? Você quer tornar a sua partida mais fácil pra mim?

Duas horas e meia depois

Fw:

Sinto muito, Emmi. Estou me esforçando desesperadamente pra tirar você da minha cabeça. Já lhe expliquei por que isso é importante pra mim. Eu sei que os e-mails, desde "Boston", soam terrivelmente pragmáticos. Não gosto de escrever assim, mas estou me forçando a fazê-lo. Não quero mais investir, por escrito, qualquer sentimento em "nossa história". Não quero construir mais, para deixar que desmorone. Eu realmente quero apenas este encontro. Acho que vai fazer bem a nós dois.

Dois minutos depois

Re:

E o que acontece se quisermos nos encontrar novamente após o nosso encontro?

Quatro minutos depois

Fw:

Por mim, podemos deixar de lado essa opção. Quer dizer, eu já deixei. Quero te encontrar só e somente só desta vez, para dar um término digno à "nossa história", antes de eu ir para os Estados Unidos.

15 minutos depois

Re:

O que você entende por "um fim digno"? Ou colocando de uma maneira diferente: O que você quer que eu pense sobre você depois do encontro:

1) Bem simpático, mas nem de perto tão interessante quanto é quando escreve. Agora eu posso, com a consciência tranquila e uma sensação boa, apagá-lo para sempre de todas as pastas da minha vida.
2) Por causa desse sujeito chato passei um ano inteiro "fora de mim"?
3) Um homem ideal para uma escapadela. Pena que agora ele vai escapar para o outro lado do oceano.
4) Cara incrível! Que noite alucinante! A troca de e-mails durante meses valeu a pena! Bem, resolvido. Agora posso novamente me concentrar nos lanches do Jonas.
5) Que merda. Então é assim que ele é! Por ele, eu teria dado um fora no Bernhard e largado a minha família. Infelizmente ele agora vai fugir de mim em direção aos Estados Unidos, a terra de onde não se podem escrever e-mails. Mas eu vou esperar por ele! Vou acender uma vela todo dia pra ele. E vou rezar com as crianças até que ele volte com toda a sua pompa e glória...

Três minutos depois

Fw:

Como sentirei falta de seu sarcasmo, Emmi!

Dois minutos depois

Re:

Você pode levar um bom carregamento dele para Boston, Leo. Eu ainda tenho bastante. Bem: qual daqueles tipos você gostaria de mostrar por ocasião de nosso último encontro?

Cinco minutos depois
Fw:
Eu não vou mostrar tipo nenhum. Eu vou ser quem eu sou. E você vai me ver como eu sou. Você pelo menos vai me ver do jeito que você acha que eu sou. Ou me ver como você quer acreditar que eu sou.

Um minuto depois
Re:
Eu vou querer ver você de novo?

45 segundos depois
Fw:
Não.

35 segundos depois
Re:
Por que não?

50 segundos depois
Fw:
Porque isso não é possível.

Um minuto depois
Re:
Tudo é possível.

45 segundos depois
Fw:
Isso, não. Isso não é possível a priori.

55 segundos depois
Re:
Algumas coisas que a priori não são possíveis se tornam possíveis a posteriori. E frequentemente não são as piores opções que se tornam possíveis.

Dois minutos depois

Fw:

Sinto muito, Emmi. Não vai haver a possibilidade de você querer me ver novamente. Você vai ver por quê.

Um minuto depois

Re:

Então pra que ir? Se eu já sei que depois de nosso primeiro encontro eu não vou querer ter um segundo, por que eu deveria lhe encontrar afinal de contas?

Dois minutos depois

Assunto: Para o Sr. Leike

Prezado Sr. Leike,

estamos atravessando dias terríveis. Se isso não terminar, nosso casamento vai acabar. Posso imaginar que seja isso o que o senhor quer. Por favor, encontre-se com a minha mulher e pare de escrever para ela. (Juro que não tenho nenhuma ideia do que vocês têm escrito um para o outro, nem quero mais saber, quero apenas que isso finalmente acabe.)

Saudações cordiais,

Bernhard Rothner

Três minutos depois

Re:

Emmi, você deve saber por que quer me encontrar (se realmente quer). Eu só posso lhe dizer uma coisa: quero encontrar você! Também já expliquei exaustivamente por quê.

Com todo o meu carinho, boa noite,

Leo

Um minuto depois

Re:

Leo Iceberg Leike. "Então era assim, o tempo todo, a voz desse cara." Na verdade, estou muito triste.

Capítulo 9

Três dias depois

Assunto: Questões em aberto

Olá, Leo,

pelo visto, você não escreve mais espontaneamente. Você ainda me responde? Por quanto tempo ainda? Quando você vai viajar pra Boston?

Cordialmente,

Emmi

Nove horas depois

Fw:

Boa noite, Emmi,

infelizmente eu estou pra cima e pra baixo. Estou no meio dos preparativos para a mudança para os Estados Unidos. Viajo no dia 16 de julho, portanto duas semanas a partir de amanhã. Vou lhe dizer novamente: seria ótimo se até lá pudéssemos nos ver. Se você não estiver certa de que quer isso, então, por favor, faça isso por mim. Eu quero muito isso! Você me daria uma alegria imensa se dissesse que sim. Eu sei que depois vou me sentir melhor. E tenho certeza de que você também ficará bem após o encontro.

12 minutos depois

Re:

Leo, você não está entendendo? Depois do encontro, e considerando as circunstâncias de que deve se tratar de um "encontro de despedida", eu só posso ficar bem se ficar provado que você é diferente do que deixou transparecer por escrito durante um ano (fora alguns de seus últimos e-mails horrivelmente pragmáticos). Se você for "diferente", então o encontro será apenas uma grande decepção, e eu ficarei bem apenas porque esse foi o último encontro. Se você está tão certo de que ficarei bem depois do encontro é porque está me dizendo indiretamente que o encontro será decepcionante pra mim. E aí eu lhe pergunto pela primeira vez: por que eu deveria ir a um encontro decepcionante?

Oito minutos depois
Fw:
Eu acho que o encontro não será de jeito nenhum decepcionante pra você, acho que você depois se sentirá melhor do que, por exemplo, hoje.

Um minuto depois
Re:
Hoje? Quem disse que você sabe como eu me sinto hoje?

50 segundos depois
Fw:
Hoje você não está se sentindo bem, Emmi.

30 segundos depois
Re:
E você?

35 segundos depois
Fw:
Também não.

25 segundos depois
Re:
Por que não?

45 segundos depois
Fw:
Pelo mesmo motivo que você.

50 segundos depois
Re:
Mas a culpa é sua, Leo. Ninguém está te obrigando a desaparecer da minha vida.

40 segundos depois
Fw:
Está!

40 segundos depois
Re:
Quem?

Oito minutos depois
Re:
Quem?

Na manhã seguinte
Assunto: Eu
Eu!
Eu estou me forçando. Eu e a razão.

Uma hora e meia depois
Re:
E quem quer me encontrar antes da viagem? Também você e a razão? Ou você e a desrazão? Ou somente a desrazão? Ou (a pior variante): a mais pura razão?

20 minutos depois
Fw:
Eu, a razão, os sentimentos, as mãos, os pés, os olhos, o nariz, os ouvidos, a boca... tudo. Tudo em mim quer encontrar você, Emmi.

Três minutos depois
Re:
A boca?

15 minutos depois
Fw:
Sim, claro, para conversar.

50 segundos depois
Re:
Ah, tá.

Dois dias depois
Assunto: Ok
Olá, Leo,

por mim, ok, vamos arriscar, vamos nos encontrar, tanto faz mesmo. Quando você tem tempo nesta semana?

Meia hora depois
Fw:
Quando for melhor pra você. Quarta, quinta, sexta-feira?

Um minuto depois
Re:
Amanhã.

Três minutos depois
Fw:
Amanhã? Tá bom, amanhã. De manhã, ao meio-dia, à tarde, à noite?

Um minuto depois
Re:
À noite. Onde?

Dez minutos depois
Fw:
Num café da sua escolha. Num restaurante da sua escolha. Num passeio da sua escolha. Num banco de parque da sua escolha. Em cima de um muro de sua escolha. Fora isso, em qualquer lugar da sua escolha.

50 segundos depois
Re:
Na sua casa.

Oito minutos depois
Fw:
Por quê?

40 segundos depois

Re:

Por que não?

Um minuto depois

Fw:

O que você pretende?

55 segundos depois

Re:

O que VOCÊ pretende, Leo? VOCÊ queria o encontro de despedida, se é que eu me lembro bem.

35 minutos depois

Fw:

Eu não pretendo absolutamente nada. Quero somente ver a mulher que me acompanhou durante meses, que marcou a minha vida. Quero ouvir mais a sua voz agradável, mais "whiskey" e "unhas". Quero olhar seus lábios quando ela diz: "O que VOCÊ pretende, Leo? VOCÊ queria o encontro de despedida, se é que eu me lembro bem." Como se movem os cantos da sua boca, como é o brilho dos seus olhos, como é que se levantam as suas sobrancelhas quando ela diz frases assim? Que tipo de mímica acompanha a sua ironia? Que marcas o vento norte noturno deixou ao longo de anos em suas bochechas? Centenas de coisas assim me interessam na Emmi.

Cinco minutos depois

Re:

Seu interesse chega relativamente tarde, Leo. Você vai ter pouco tempo para suas pesquisas no meu rosto durante esta noite. Quantas horas você havia planejado? Quanto tempo eu devo permanecer?

Três minutos depois

Fw:

O tempo que a gente quiser.

Um minuto depois

Re:

E se a gente quiser tempos diferentes?

Quatro minutos depois

Fw:

Então vamos nos basear naquele que quer menos tempo.

50 segundos depois

Re:

Você quer dizer que VOCÊ vai se basear.

40 segundos depois

Fw:

Ninguém disse isso.

20 minutos depois

Re:

É surpreendente como tanta coisa não é dita, embora a gente converse sem parar. Por exemplo: como vamos nos cumprimentar? Vamos apertar as mãos? Vamos dar um tapinha nos ombros? Será que devo lhe estender os dedos bem juntinhos para que você os beije? Devo lhe oferecer uma das bochechas marcadas pelo vento norte? E aí você vai se aproximar com a sua boca? Ou vamos simplesmente ficar olhando um pro outro por certo tempo como extraterrenos?

Três minutos depois

Fw:

Eu sugiro lhe entregar na mão uma taça de vinho e aí brindamos. A nós.

Dois minutos depois

Re:

Você também tem uísque? Mas não pode ser uma garrafa vagabunda com limo no fundo, em que restam apenas três dedinhos de um líquido amarelado. Nesse caso, EU vou estabelecer o tempo e o encontro será breve.

Um minuto depois

Fw:

Nosso encontro não será pior por causa do uísque.

45 segundos depois

Re:

E por que então?

Dois minutos depois

Fw:

Por absolutamente nada, será um encontro bonito, agradável, saudável, vital, Emmi, você vai ver.

Três horas depois

Re:

Você ainda tem um pouquinho de tempo, Leo? Eu sei que já é tarde. Mas tome mais uma taça de vinho tinto, isso sempre lhe faz bem. Eu ainda teria algumas perguntas, tenho uma coisa martelando na minha cabeça. Por exemplo, voltando ao assunto especial: 1) Você considera possível que queira fazer sexo comigo na nossa "noite de despedida"? 2) Você considera possível que eu queira fazer sexo com você? 3) Se for o caso de ambos quererem (e se nós realmente fizermos): você acha realmente que depois vamos ficar bem? Quero dizer, assim como você quase me prometeu: "Eu tenho certeza de que você ficará bem depois do encontro." 4) De onde vem esse seu prognóstico de que eu depois não vou querer lhe encontrar uma segunda vez?

Dez minutos depois

Fw:

1) Considero possível que eu queira fazer sexo, mas não devo demonstrar isso pra você.
2) Considero possível que você queira fazer sexo, mas não muito provável.
3) Se depois nós vamos ficar bem? Sim, claro, eu acho isso.
4) Você não vai querer me encontrar porque você tem uma família e depois de nosso encontro você saberá exatamente onde é seu lugar.

Sete minutos depois

Re:

1) Você acha que eu não vou perceber se você quiser fazer sexo?
2) Se eu eventualmente gostaria: Com "não muito provável" você não está muito longe da verdade. (Só pra que você não crie falsas expectativas.)
3) Se depois nós vamos ficar bem: é muito bom que você ao menos uma vez fale como um homem típico, isso deixa você tão terrestre.
4) Eu saberei exatamente onde é meu lugar: você realmente acredita que pode avaliar isso antecipadamente melhor do que eu mesma?

E uma última pergunta antes de ir dormir, Leo: Você ainda está um pouquinho apaixonado por mim?

Um minuto depois
Fw:
Um pouquinho?

Dois minutos depois
Re:
Boa noite. Eu estou muito apaixonada por você. Tenho medo de nosso encontro. Eu posso, mas não quero imaginar que depois vou perder você.
Apaixonada,
Emmi

Três minutos depois
Fw:
Não devemos pensar em "perder". Só de pensar se perde.
Boa noite, minha querida.

No dia seguinte
Sem assunto
Bom dia, Leo,
eu não consegui dormir. Será que realmente devo ir pra sua casa hoje à noite?

Cinco minutos depois
Re:
Bom dia, Emmi.
Acho bom termos compartilhado uma noite sem dormir. Sim, venha até aqui. Está bom pra você às sete? Ainda poderíamos sentar um pouco no terraço.

Duas horas depois
Re:
Leo, Leo, Leo... Suponhamos que a noite seja melhor do que você espera. Suponhamos que você se apaixone pela mulher que você vai ver, pelos gestos que acompanham sua ironia, pela entonação de suas palavras, o movimento de suas mãos, os olhos, os cabelos (os peitos eu vou deixar fora disso), o lóbulo de sua orelha direita, a canela esquerda, tanto faz. Suponhamos que você perceba

que nós dois estamos muito mais ligados do que permitia o servidor da internet, que não pode ter sido mera coincidência a gente se aproximar. Leo, será que você não vai querer me ver novamente? Será que você não vai querer me escrever novamente, de Boston também? Será que você vai querer estar comigo? Será que você não vai querer ficar comigo? Será que você não vai querer viver comigo?

Dez minutos depois

Fw:

EMMI, VOCÊ NÃO ESTÁ LIVRE PARA VIVER UMA VIDA COMIGO.

35 minutos depois

Re:

Suponhamos que eu estivesse livre para viver uma vida com você.

45 minutos depois

Re:

Leeeeeo, não lhe ocorre nenhuma resposta?

Três minutos depois

Fw:

Emmi querida,

suponhamos que isso seja hipotético demais pra mim. Suponhamos que eu não posso presumir que você fique livre pelo simples fato de que você não é nem será. Se você nesta noite se "liberar" de sua família pra mim, então está bom pra mim (espero que pra você também.) Mas isso não quer dizer que você esteja livre pra mim. Em geral, eu sou bom com suposições em cima de suposições. Mas essa hipótese, por mais fascinante que ela soe, não consigo admitir nem mesmo com muita boa vontade.

Posso aproveitar a oportunidade também para lhe fazer uma pergunta? Eu sei que você não gosta de perguntas assim. Mas acho que ela é relativamente relevante. Bem: o que você vai dizer ao seu marido, pra onde você vai dizer que está indo hoje à noite?

Nove minutos depois

Re:

Leo, você não consegue parar com isso!!! Eu vou dizer a ele: vou encontrar um amigo. Ele vai perguntar: eu o conheço? Eu vou responder: acredito que não, eu falo pouco dele. Daí eu vou dizer ainda: nós temos muito o que conversar, pode ser que volte tarde. Ele vai dizer: divirta-se.

20 minutos depois

Fw:

E se você voltar somente de manhã pra casa? O que ele vai dizer, então?

Três minutos depois

Re:

Você acha possível que eu só volte pra casa amanhã de manhã? Vejo sinais completamente novos em você.

Oito minutos depois

Fw:

Como é mesmo que Emmi Rothner fala? "Algumas coisas que a priori não são possíveis se tornam possíveis a posteriori." Em resumo: tudo é possível. Aos poucos começo a pensar isso também.

Quatro minutos depois

Re:

Uau, excitante. Eu gosto quando você fala assim. (Talvez porque as palavras sejam minhas.) A propósito: faltam somente quatro horas. Devo lhe revelar pra qual das três Emmis do café você vai abrir a porta?

Três minutos depois

Fw:

Emmi, não, não revele! Pelo contrário. Eu lhe dou uma sugestão. Você não pode rir, estou falando sério. Eu gostaria de deixar a porta encostada. Você entra. Depois de passar pela sala, entre no primeiro quarto à esquerda. Vai estar escuro. Eu vou lhe abraçar, sem olhar pra você. Eu vou beijar você sem vê-la. Um beijo. Apenas um único beijo!

50 segundos depois

Re:

E em seguida eu tenho que ir embora?

Três minutos depois

Fw:

Claro que não! Um beijo — e aí abrimos as persianas e vemos quem beijamos. Então eu lhe entrego uma taça de vinho e brindamos a nós. E aí veremos como vai ser.

Um minuto depois

Re:

Pra mim um copo de uísque! Fora isso, estou de acordo com seu ritual de boas-vindas. No fundo, não é muito diferente do número das vendas nos olhos, apenas sem as vendas, portanto um pouco mais romântico. Claro, vamos fazer assim! Ei, vamos de verdade fazer isso? Isso é uma loucura, não é?

40 segundos depois

Fw:

Claro que vamos mesmo fazer isso!

Quatro minutos depois

Re:

Mas Leo, isso é arriscado. Eu não faço ideia se vou gostar do jeito que você beija. Como você beija? Mais pra firme ou suavemente, mais pra seco ou molhado? Como são seus dentes, afiados ou achatados? Quão agressiva e ágil é a sua língua? Ela parece um plástico duro ou uma espuma? Ao beijar, você deixa seus olhos abertos ou fechados? (Ok, isso pouco importa no caso da degustação no escuro.) O que você faz com suas mãos? Você me toca? Onde? Com quanta força? Você fica bem calmo ou respira alto e faz sons com a boca? Então, Leo, me diga: como você beija?

Três minutos depois

Fw:

Eu beijo do mesmo jeito que escrevo.

50 segundos depois

Re:

Isso foi extremamente pretensioso, mas não soa mal, Leo. Mas, falando nisso: você escreve de maneira extremamente variável!

45 segundos depois
Fw:
Eu também beijo de maneira extremamente variável.

Quatro minutos depois
Re:
Se você me prometer que beija como me escreveu ontem e hoje, então eu vou arriscar!

35 segundos depois
Fw:
Então, arrisque!

12 minutos depois
Re:
E se a gente quiser mais depois do beijo?

40 segundos depois
Fw:
Então queremos mais.

50 segundos depois
Re:
E então vamos fazer mais também?

35 segundos depois
Fw:
Acho que nesse momento vamos saber isso direito.

Dois minutos depois
Re:
Espero que não somente um de nós fique sabendo.

Quatro minutos depois
Fw:
Se um ficar sabendo, o outro também saberá. Aliás, Emmi, faltam menos de duas horas. A gente deveria parar de escrever e se preparar para saltar de dimensão. Eu admito: estou supernervoso.

Oito minutos depois
Re:
O que eu devo vestir?

Um minuto depois
Fw:
Isso eu deixo por conta de seu gosto, Emmi.

55 segundos depois
Re:
Eu gostaria de deixar por conta da sua fantasia, Leo.

Dois minutos depois
Fw:
No momento, é melhor você não deixar nada por conta da minha fantasia. Ela agora está um pouco desenfreada. E eu acho que você deveria vestir alguma coisa, sim.

Três minutos e meio depois
Re:
Será que eu devo vestir algo que aumente a probabilidade de que a gente não abra as persianas logo depois do beijo de boas-vindas, uma vez que nenhum de nós terá uma mão livre?

40 segundos depois
Fw:
Se a resposta não for curta demais pra você: SIM!

Um minuto e meio depois
Re:
Um "SIM!" para uma pergunta que pede um "SIM!" não pode nunca ser curto demais. Então eu vou me "aprontar" agora, como se diz por aí. Se meu coração não sair pela boca, a gente se vê em uma hora e meia na sua casa, Leo.

Três minutos e meio depois
Fw:
Aperte o botão do interfone do "apto. 15". No elevador aperte 142 e suba até a cobertura. Lá em cima tem somente uma porta. Ela estará encosta-

da. Aí entre no quarto da esquerda, seguindo a música simplesmente. Não me aguento de tanta vontade de ver você.

50 segundos depois
Re:
Nem eu, Leo. Também não vejo a hora de ver VOCÊ, Leo. A propósito, eu tenho 34 anos, dois anos a menos do que você, se me permite a observação.

Dois minutos depois
Fw:
Emmi, eu acho que ainda preciso lhe falar detalhadamente sobre "Boston". Você tem uma imagem completamente errada de Boston, aliás de mim e de Boston. É bem diferente do que você imagina, o lance com Boston. Eu tenho de lhe explicar uma coisa. Tem muita coisa a ser explicada! Há muita coisa pra se entender! Você entende?

Um minuto e meio depois
Re:
Devagar, devagar, Leo. Uma coisa depois da outra. Temos tempo pra Boston. Temos tempo pra explicar. Temos tempo pra entender. Agora vamos primeiro nos beijar. Até daqui a pouco, meu querido!

45 segundos depois
Fw:
Até daqui a pouco, minha querida!

Capítulo 10

Na noite seguinte

Assunto: Vento norte

Querido Leo, eu sei que é imperdoável. Seu "silêncio" é uma prova disso pra mim. Você não pergunta nada. Não, você não pergunta absolutamente nada. Essa é a lição que você está me dando. Nenhum acesso de fúria, nenhuma tentativa de salvamento, nenhuma atitude desesperada. Você não faz absolutamente nada. Você fica calado. Você deixa passar tudo sem dar uma palavra. Você não pergunta por quê. Você faz como se soubesse. E com isso você me castiga ainda mais. Sua decepção só pode ser a metade da minha. Pois à minha adiciona-se a percepção da sua.

Leo, vou lhe dizer por que no último segundo — não é eufemismo, foi realmente no último segundo —, vou lhe dizer por que não fui à sua casa. A culpa disso foi uma única letra, uma letra errada, num lugar onde ela não deveria estar, no mais inoportuno de todos os momentos. E você, Leo, você ainda havia me perguntado: "O que você vai dizer ao Bernhard?" Você se lembra da minha resposta? "Eu vou dizer: vou encontrar um amigo." Eu disse exatamente isso. "Ele vai perguntar: eu o conheço?" Ele perguntou exatamente isso. "Eu vou responder: acho que não, falo pouco sobre ele." Foi isso que eu respondi a ele. "Então eu vou dizer ainda: temos tanta coisa pra conversar que devo voltar tarde!" Sim, foi precisamente assim que me expressei. "E ele vai dizer: divirta-se!" "Sim, Leo, foi o que ele disse. Mas ainda acrescentou uma palavra. Ele disse: "Divirta-se, EMMI". Foi o "divirta-se" de costume. Depois ele fez uma breve pausa. E aí veio esse EMMI. Como um sopro, não mais do que um sopro. Atravessou-me a carne e os ossos. Ele em geral me chama de "Emma", sempre "Emma". Já faz anos que ele não me chama mais de "Emmi". Eu não consigo mais me lembrar de jeito nenhum de quando ele me chamou assim pela última vez.

Leo, o "i" em vez do "a", essa única letra estranha me deu um choque. Eu não queria isso saindo da boca dele. ELE não podia falar assim. Isso soou tão revelador, tão desiludido, tão corrosivo. Como se ele soubesse como isso me deixaria mal, como se ele tivesse visto através de mim. Como se ele quisesse me dizer: "Pois eu sei que você quer ser 'Emmi', você quer finalmente ser de novo a 'Emmi'. Portanto seja 'Emmi' e divirta-se". E daí eu teria de lhe responder algo bem terrível, eu teria de dizer: "Bernhard, não é que eu queira ser Emmi, eu SOU Emmi. Mas eu não sou a sua Emmi. Eu sou a Emmi de outra pessoa. Ele nunca me viu, mas ele me descobriu. Ele me reconheceu. Ele me tirou do meu esconderijo. Eu sou a Emmi dele. Pro Leo, eu sou Emmi. Você não acredita em mim? Eu posso provar. Eu tenho tudo por escrito."

Escrúpulos? Não, Leo, não tive escrúpulos em relação a Bernhard. Tive medo de mim.

Subi pro meu quarto, queria lhe escrever um e-mail. Eu não conseguia botar nem uma palavra pra fora. Veio esta frase patética: "Meu querido Leo, hoje eu não posso ir até a sua casa, está além das minhas forças." Fiquei olhando pra ela por alguns minutos, então a apaguei. Eu não era capaz de rejeitar você. Teria sido como rejeitar a mim própria. Leo, aconteceu uma coisa. Meus sentimentos ultrapassaram a tela do computador. Eu acho que amo você. E Bernhard percebeu isso. Estou com frio. O vento norte está batendo bem na minha cara. O que faremos daqui pra frente?

Dez segundos depois

Fw:

ATENÇÃO. MUDANÇA DE ENDEREÇO ELETRÔNICO. O DESTINATÁRIO NÃO TEM MAIS ACESSO ÀS MENSAGENS ENVIADAS PARA ESTE ENDEREÇO. AS NOVAS MENSAGENS SERÃO AUTOMATICAMENTE APAGADAS. EM CASO DE DÚVIDA, O ADMINISTRADOR DO SISTEMA COLOCA-SE À SUA DISPOSIÇÃO.

CONTINUA...

markgraph

Rua Aguiar Moreira, 386 - Bonsucesso
Tel.: (21) 3868-5802 Fax: (21) 2270-9656
e-mail: markgraph@domain.com.br
Rio de Janeiro - RJ